光文社古典新訳文庫

オブローモフの夢

ゴンチャロフ

安岡治子訳

kobunsha classics

光文社

Title : СОН ОБЛОМОВА
1849
Author : И.А.Гончаров

目次

本書は、イワン・ゴンチャロフの小説『オブローモフ』の第一部第九章である「オブローモフの夢」を独立させて文庫化したものです。「オブローモフの夢」は長編『オブローモフ』（一八五九）に先立つこと十年、一八四九年に発表され、長編全体の土台となり、いかにしてユニークな主人公オブローモフが生じ得たのか、その生い立ちを詩情豊かな文章で描いたものです。参考に、四部のプロットから成る『オブローモフ』全体の訳者による「抄訳」を掲載しました。

オブローモフの夢

オブローモフの夢

私たちはどこにいるのだろう？　オブローモフの夢は、いかなる祝福に満ちた地の片隅に私たちを運んで来たものか？　なんと素晴らしい土地だろう！

いや、たしかにそこには、海も高い山々も、断崖絶壁も深淵も、鬱蒼たる森も——壮大なるもの、荒々しいもの、重苦しいものは、何一つ無い。

だが、いったい何のために、そんな荒々しい壮大なものが必要なのか？　たとえば海が？　海なんぞ要るものか！　海は人を物悲しい気分にさせるだけだ。海を見ていると泣きたくなる。見渡す限りの水の広がりを目前にすると、心は面食らってどぎまぎするし、果てしなく広がる単調な光景にうんざりしても、目を休ませる場所もない。

荒れ狂ったように次々と押し寄せる大波の轟きは、か弱い耳を優しく和ませてはくれない。大波はこの世の始まりから鬱然たる謎めいた内容の、相も変わらぬ自身の同じ歌を繰り返すばかりである。その歌に響きわたるのは、まるで苦悶を運命づけられた怪物の呻きのごとく、いつまでも変わることなく続く嘆き、それに何者かの耳をつんざくような不吉な声だ。辺りには囀《さえず》る小鳥もなく、カモメたちが、まるで刑の宣告を受けた者のように、むっつりと押し黙ったまま、海辺や海上に憂鬱な弧を描くばかり。

こうした自然の絶叫の前では、野獣の咆哮《ほうこう》は無力であり、人間の声など取るに足らぬもので、そもそも人間そのものが、あまりにもちっぽけでか弱く、広大な光景の微細なディテールの中に、いつの間にか紛れて消えてしまうのである！　多分、だからこそ、人間は海を見つめているとあんなにも辛い気持ちになるのだ。

いや、海なんぞ、うっちゃっておけ！　海は、最も静穏不動のときでさえ、こちらの心に喜ばしい感情を生み出してはくれぬ。大量な水の巨塊がほんの微かに揺れ動いても、人はたとえそれが今は眠っているものであれ、やはり底なしの力を始終感じることになるからだ。その力は、どうかすると、人間の高慢な意志を底意地悪く嘲笑したり、人間の大胆な構想だのありとあらゆる奔走、努力を跡形もなく水底に葬り去ってしまうものなのだ。

山々や断崖絶壁もまた、人の心を愉しませるために創出されたものではない。それらは、人間に襲いかかろうと剝き出した野獣の爪や牙のごとく、恐ろしく人を威圧、脅迫する。我々に自身が儚《はかな》き存在であることをあまりにもまざまざと思い出させるので、生に対する恐怖と憂鬱に捉われてしまうほどである。そして空さえも、そうした断崖絶壁の上に広がるものは、あまりにも遠く、遥かかなたの手の届かぬところにあって、まるで人々を見捨てたかのように見える。

我らが主人公がふと降り立った平和な大地の一隅は、そんなものとは違う。そこでは空は、まるきり逆で、大地にぴったりと寄り添っているようだ。しかしそれは、大地に、より強烈な自然の矢を放つためなどではなく、ただひたすらに愛しい思いをこめて大地をなるべくしっかりと抱きしめるためなのだ。空は、愛しい一隅をありとあらゆる不幸から守ってくれる頼りがいのある親の庇護のように、頭上それほど高くない場所に、雄大に広がっている。

かの地の太陽は、半年ほど明るく熱く照りつけた後、遠ざかってゆくときも、いきなり消えてしまうのではなく、まるで気が進まぬかのように、もう一度か二度は、お気に入りの土地に秋の曇天のさなか、晴れ渡った暖かい日を贈ってやろうと思うのか、しばし振り返って見るような塩梅だった。

山々もまた、峻厳に聳え立ってこちらの想像力を震えあがらせるどこかの山と較べたら、いわばそのほんの小さな雛形に過ぎない。それは、なだらかな丘の連なりであり、斜面をはしゃぎながら仰向けになって愉快に滑り降りたり、腰を下ろして、沈みゆく夕陽をもの思いに耽りながら眺めたりするものなのだ。

川は楽しげに、遊び戯れながら流れてゆく。時には川幅を増して、広大な池のようになるかと思えば、勢いよくまっしぐらに流れる早瀬となったり、ふと考えこむように穏やかな流れとなり、川石の間を縫って、いくつもの快活な小さな流れに分かれてゆったりと進んでゆく。そのせせらぎを聞いていると、とろんと微睡《まどろ》んでしまう。

これは、周囲十五キロか二十キロの土地で、全体が朗らかに微笑《ほほえ》みかける風景画のエチュード集である。明るい川のなだらかな砂地の岸辺、丘から水辺にかけて、そっと広がる小さな茂み、底に水が流れている曲がりくねった窪地、それに、白樺林——何もかもが、一つ一つ丹念に選ばれて、巨匠の手で描かれた絵のようなのだ。

さまざまな動揺に翻弄され疲れきった心も、あるいはそうしたものに全く無縁の心も、この誰からも忘れ去られた一隅に身を隠し、誰にも知られぬ幸福にそっと包まれて生きてみたいとしきりに願望するはずだ。かの地では、誰もが白髪になり、ひっそりと眠りにも似た死を迎えるまで、穏やかな永い人生が続く。それはあらゆるものによって約束されている。

かの地では、一年の周期は正確に揺るぎなく進行していく。三月には、暦どおりに春が到来し、丘の上から濁った雪解け水が何本もの小川となって流れ出す。大地の雪が解け、暖かい蒸気となって立ち昇る。農夫は羊皮の半外套を脱ぎ棄てて、シャツだけで戸外に出ると、片手を額にかざしたまま、お日様を心ゆくまで眺めて、嬉しそうに肩を揺らす。やがて、ひっくり返して伏せてあった荷車の長柄を代わる代わる一本ずつ引っ張ってみたり、軒下にのんびり横たわっていた犂《すき》を点検したり、足で蹴ってみたりする。いつもの労働の準備開始だ。

突然の春の吹雪が戻って来ることも、雪で野原が埋まってしまうことも、木々が折れることもない。

冬は人を寄せつけぬ冷たい美女のように、暦の定めた暖気の時季までは、きっちりと己の特性を発揮する。けれども思いがけぬ雪解けで人をからかったり、前代未聞の凍てつきで人をねじ伏せたりはしない。万事が自然によって予《あらかじ》め定められたいつもどおりの法則に従って進んでゆくのである。

十一月には雪と凍てつきが始まり、それは主顕節[1]の頃にはひどく厳しくなる。農夫が丸太小屋からほんの一瞬外に出ると、帰って来るときには頬髭が必ず真っ白になるほどだ。それが二月になると、敏感な鼻は早くも大気の中に間近な春の柔らかな気配を感じる。

しかし夏、夏こそは、かの地の格別な心奪われる季節である。そこに求めるべきものは爽やかなカラッとした空気――レモンや月桂樹などではなく、単なるニガヨモギ、松、それにウワミズザクラの香りに満ちた空気だ。少し暑いけれど、ジリジリ照りつけるほどでもない陽光と、ほとんど三か月にわたる雲一つ無い空である。

からりと晴れ渡った日々が始まると、それは三、四週間も続く。そして夕方は暖かく深夜は蒸し暑い。満天の星は、いともにこやかに、親しげに瞬いている。

雨が降っても、それは何という恵み豊かな夏の雨だろう！　勢いよく、ざぁーっと迸《ほとばし》り、不意に歓喜に打たれた人の熱い大粒の涙のように、愉しげに跳ね上がる。雨が止んだかと思うと、たちまち太陽が、晴れやかな愛の微笑みを浮かべて周りを眺めながら、野原も丘も乾かしてしまう。そして辺り一面が再び幸せそうに太陽に微笑み

1　ロシア暦（ユリウス暦）一月六日、新暦（グレゴリウス暦）一月十九日。

返すのである。

農夫は喜びいっぱいで雨を迎える。「ひと雨ざぁーっと来たら、今度はお天道様が乾かしてくれる！」そう言いながら、温かい通り雨を、顔や肩や背中に浴びて、うっとりとしている。

雷雨もかの地では恐るべきものではない。ただひたすら恵み深いものなのだ。いつも決まった同じ時季に、まずイリヤの日[2]は忘れずにやって来る。まるで、民衆によく知られている言い伝えを守るかのように[3]。落雷の回数や威力も、どうやら毎年同じようなもので、あたかも天の国庫から全地域に対して一年に放出される電気は一定量に決まっているかのようだった。

かの地では、恐ろしい嵐も災害も聞いたためしがない。

神に祝福されたかの地に関して、そんな新聞記事を読んだ者など、一人もいないのだ。二十八歳の百姓の後家、マリーナ・クリコワが、四つ子を産まなければ、かの地については、決して何一つ記事も出ないし、噂にものぼらなかっただろうが、この事件だけは、さすがに皆、何か語らずにはいられなかった。

神はかの地をエジプトの病でもふつうの病でも罰することはなかった[4]。住人の誰一人として、恐ろしい天の兆候だの、火の球だの、突然の暗黒だのを見た者も、記憶している者もいなかった。かの地には毒蛇は生息していないし、バッタが飛来することもない。咆哮するライオンも唸り声をあげるトラもいず、熊や狼さえいなかった。森が無いからだ。野原や村をのんびりと歩いているのは、草を食《は》むあまたの牝牛、メーメー鳴く羊、コッコッと鳴く鶏だけなのだ。

この平和の郷の自然に、詩人や思想家が満足するかどうかは、わからない。周知のごとくこれらの紳士方は、月に見とれ、鶯の囀《さえず》りに耳を傾けることを好む。彼らが好むのは、コケティッシュな月、桃色がかったクリーム色の雲で着飾り、木々の梢越しに神秘的な顔を覗かせ、自分を崇める者たちの目に銀色の光の束を投げかける月である。

ところが、この地方では、月《ルナー》とはいったい何なのか、そんなことを知る者など一

2 旧約聖書の預言者イリヤ（エリヤ）の記念日、旧暦七月二十日、新暦八月二日。
3 ロシアでは預言者イリヤは、土着の異教信仰の雷神ペルーンと混同されていた。
4 旧約聖書出エジプト記七章一四―二四、申命記二八章六〇節等にある、エジプトに関連する厄災、病のエピソードを起源とする「エジプトの罰＝重罰、厳しい自然災害」という表現がある。

人もおらず、誰もがただ「お月さん」と呼んでいた。それがどこかもの柔らかい顔つきで、目をいっぱいに見開いて村や野原をぽかんと見下ろしていると、ぴかぴかに磨き上げた金盥《かなだらい》にそっくりだった。

いくら詩人が熱狂的な眼差しで月を見上げても、それは何にもなりはしない。月は、都会の女たらしの、情熱的かつ意味深な眼差しに対して、丸顔の、田舎の別嬪《べっぴん》が返すような、あどけない眼差しで詩人を見つめ返すばかりだ。

ナイチンゲールの歌もまた、かの地では聞かれない。ひょっとすると、ほの暗い隠れ家や薔薇の茂みが無いせいかもしれない。その代わり、ウズラはどれほど沢山いることだろう！　夏、小麦の収穫の時期には、子供たちが両手で摑み取りするほどなのだ。

とは言え、ウズラを贅沢なグルメの対象にすることなど、誰も思いつきはしない——いや、かの地の住人の風俗はそこまで堕落してはいないのだ。ウズラは小鳥であり、しきたりで食べ物とは見做されていない。ウズラは歌で人の耳を愉しませるものなのである。だからこそ、ウズラを入れてある糸で編んだ鳥籠が、ほとんどの家の軒下にも吊ってあるのだ。

詩人や夢想家は、この慎ましく極くあっさりした土地の全貌を見たとしても、満足しないだろう。ここでは、スイスあるいはスコットランド風の夕景色など、見ることは叶わない――あちらでは、森も水も百姓家の壁も、砂地の丘も、自然全体がまさに茜《あかね》色に燃え立ち、その茜色を背景に、砂地のつづら折りの道を、馬に乗った男たちの集団がくっきりと影を刻みながら走っていく。この男たちは、どこかのレディーのお伴をして、陰鬱な廃墟へ遠乗りをして来たところで、今は、堅牢なる城塞への帰路を急いでいる。城で彼らを待ち受けているのは、古老の物語る薔薇戦争のエピソード[5]、晩餐に饗される野生の山羊肉、それに若き令嬢《ミス》がリュートの伴奏で唄うバラード――これらは、ウォルター・スコット[6]のペンによって我々の想像力のうちに、かくも豊かに刻みこまれた光景である。

いや、こうしたものは、我らの地には何一つなかった。

この大地の一隅を作り上げている三つか四つの小さな村では、何もかもが、なんと

5 イギリス十五世紀後半の王家内紛。
6 一七七一～一八三二。スコットランド出身のロマン主義の作家。代表作として歴史小説『アイヴァンホー』がある。

静かで眠たげであったことだろう！　村はそれぞれ、ほど遠からぬ場所にあったが、あたかも巨人の手でたまたま投げ飛ばされ、ばらばらの方角に飛び散ったまま、今に至っているかのようだった。

一軒の百姓家など、谷間を見下ろす崖っ淵に立つ羽目になり、大昔から家の半分は宙に浮かぶ形で、三本の細い柱でどうにか大地にすがったまま、そこにぶら下がっている塩梅だった。そんな家の中で、三世代か四世代が少しも騒がず、幸せに暮らしてきたのである。

多分、雌鶏だってこの家に入るのは恐ろしいだろうに、ガッシリした堂々たる体軀で、家の中ではろくに背を伸ばすこともできないオニシム・ススロフが、女房と一緒にこの家に暮らしているのだ。

オニシムの家には、お伽噺のバーバ・ヤガー[7]の家に入るときみたいに、訪ねた人が「森に背を向け、こちらに前を向けておくれ」とでも頼まない限りは、なかなか誰でも入れるわけではない。

何しろ入口前の階段は、谷間を見下ろす状態で宙吊りになっているので、まず片足を階段に載せるためには、片手で草にでも摑まって、もう一方の手で家の屋根に摑まってから、漸く階段に一歩踏み出すしかないのだ。

別の百姓家は、燕の巣のように小山にへばりついていた。また別の三軒は、偶然隣り合って並んでおり、さらに二軒は、谷間のどん底に立っているという塩梅だった。

村じゅうの何もかもが静かで眠たげだ。もの音一つしない家々の扉は開けっ放しで、人っ子一人いない。ただ蠅の大群だけが、蒸し暑い空気の中でわーんと唸りを上げながら飛び回っている。

家に入って行き、大声で呼ばわっても無駄なことだ。返ってくるのは、死のような静けさばかり。ごく稀にどこかの家では、暖炉《ペチカ》の上で生涯最後の日々を送っている老婆の、苦しげな呻き声か空ろな咳が聞こえたり、さもなければ、間仕切りの奥から、髪を長く伸ばした裸足の三歳児が現れたりすることもあるが、シャツ一枚着たきりのその子は、入ってきた人物を黙ってじっと見つめるだけで、おずおずとまた姿を消してしまう。

同様の深い静けさと平安は、野原や畑地にも満ちている。ただ点々と、黒い耕地の

7　ロシアのお伽噺に出てくる魔法使い。鶏の足の上に立つ小屋に住んでいる。

上を、炎暑に灼《や》かれ汗まみれになった農夫が、犂にのしかかりながら、蟻のように蠢《うごめ》いているばかりだ。

かの地では、人々の気質も、静穏沈着な平安が支配している。ここでは、強盗も殺人もいかなる恐ろしい事件も起こったためしがない。強烈な情熱だの勇猛果敢な企てだので、心を乱されることはないのだ。

そもそもいかなる情熱だの企てだのに、心乱されることがあろうか？　かの地では、誰もが己の分をわきまえている。かの地の住人は、よその人々からは遠く離れて暮らしていた。最も近い村も、郡役所のある町も、二十五キロから三十キロは離れているのだ。

百姓たちは、しかるべき時期に、ヴォルガ河の最寄りの桟橋に穀物を運んで行くのだが、ここが彼らのコルキスであり、ヘラクレスの柱であった。[8] それに、中には年に一度だけ、定期市に出かける百姓たちもいたが、それ以外は、村の外とは一切の交流はないのだ。

村人たちの関心は自分自身に集中しており、それは他人の関心事と交差したり触れ合うことは、ついぞなかった。

連中も、八十キロほど離れたところに、『県』が、つまり県庁所在地の町があることは知っていたが、そこまで行ったことがある者など、滅多にいなかった。さらに、もっと先にはサラトフだのニジニーだのがあることも知っていたし、モスクワやピーテル[9]があることや、ピーテルの先にはフランス人だのドイツ人だのが住んでいることも聞いていた。だが、その先となると、もはや古代人にとってと同様、彼らにとっても薄暗い世界、怪物だの命知らずの輩だの巨人だのが暮らす、名も知らぬ国々があるばかりだ。その先に広がっているのは真っ暗闇――そしてとどのつまり、ありとあらゆるものの果てにあるのは、背中に大地を乗せたあの魚[10]なのである。

連中の住む大地の一隅は、訪れる者もほとんどいないので、世界で何が起きているのか、最新情報を知る術もなかった。木製食器を馬車で売り歩く男たちは、ほんの二十キロ先に住んでいたが、この男たちの知識もここの村人たちと似たり寄ったりだっ

8　古代ギリシャ人にとってそれぞれ東西の地の果てと考えられていた場所。前者は黒海東岸ジョージア西部であり、後者はジブラルタル海峡両岸の岩である。
9　サンクト・ペテルブルグの愛称。
10　スラブの神話では巨大な魚の上に大地が立っていると考えられていた。

た。自分たちの生活を較べる相手もいないので、自分たちの暮らしぶりが良いのか悪いのか、豊かなのか貧しいのか、他人の持ち物で羨むべきものがあるのかどうか、そんなこともわからなかった。

幸いなる人々は、他の生き方など、すべきではないし、そんなことは不可能だと思い、それに他の連中だって皆、ちょうど同じように生きているに違いないし、別の生き方をするなど、罪悪だと信じ切って生きていた。

連中は、仮に、よそでは別のやり方で畑を耕し、種を蒔き、穀物を刈り入れ、売りさばいているのだと聞かされたとしても、決して信じはしないだろう。いかなる情熱、いかなる動揺も、この連中は持てやしないのだ！

連中にも、あらゆる人と同様、心配事も弱点もあるにはあった。納付金や人頭税や年貢も納めなければならないし、怠けたいときもあれば、眠いときもあった。けれども、これらはどれも、彼らの血を騒がすほどのことでもなく、簡単に済んでしまうのだ。

ここ五年間で、数百人の百姓のうち、死んだ者は一人もいない。変死はおろか、自然死さえもないのだ。

誰かが老衰か老年の持病で永遠の眠りに就こうものなら、この一大椿事に、それこそ大騒ぎで、いつまでたっても皆の驚きは冷めやらない。

かと思うと、たとえば鍛冶屋のタラスが土小屋の蒸し風呂で、自分で湯気を浴び過ぎて危うく死にかけたとき、皆に水をぶっかけられて漸く息を吹き返したなどという話は、少しも驚くべきこととは思われないのだ。

犯罪のうち、唯一横行しているのは、菜園のエンドウ豆、人参、カブが盗まれることだけだった。それがあるとき、二匹の仔豚と雌鶏が一羽、忽然として姿を消したことがある。この事件には、近隣全体が大いに憤慨した挙句、異口同音に、これは前の日にここを通り過ぎた木製の食器を定期市に売りに行く荷馬車隊の仕業に違いないということになった。とは言え、そもそも、いかなる類であれ、事件と言えるものが起きることは極めて稀だった。

しかし、そう言えば、いつか、村はずれの、橋のたもとの溝の中、男が一人倒れているのがみつかったことがある。どうやら町へ行く途中の一団からはぐれてしまった者らしい。

最初に発見したのは子供たちで、すっかり怖気づいて村に駆け戻って来ると、溝の中に恐ろしい大蛇か化け物がいたと知らせたうえに、そいつが自分たちを追いかけてきて、クーシカはあやうく喰い殺されるところだったと付け加えた。

少しは肝の据わった百姓連中が、熊手や斧で身を固め、わいわい騒ぎながら溝に向かった。

「おめえら、どこさ行く気だ?」古老たちは引き留めようとした。「首でもへし折られたら、どうするべ? なしてそんなことさ、するだ? 打っちゃっとくがええだ。追い立てられてるわけでもねえのに」

それでも男連中は出発し、現場の百メートルほど手前まで来ると、怪物に向かって、口々に声をかけた。しかし何の応答も無い。それで、連中は立ち止まり、やがてまた前に進んだ。

溝には、百姓男が一人、頭を盛り土にもたせ掛けたまま、横たわっていた。男のそばには、ずだ袋と二足のわらじをぶら下げた杖が転がっている。

村からやって来た百姓連中は、もっと近づいてみることも、相手に触ってみることも決心がつかない。

「おーい! おめえ!」連中は、項《うなじ》を掻いたり、背中を掻いたりしながら、代わる代わる大声で呼びかけた。「おめえ、なんて名前だ？　おーい、おめえさんよう！　おめえ、なんでここさいるんだ？」

行き倒れの男は、少し身体を動かして、頭をもたげようとしたが、それもできなかった。この男は、どうやら病気か、それとも疲労困憊しているらしい。

村人の一人が思い切って、熊手で男をつついてみた。

「触るでねえ！　やめとけ！」大半の連中が大声で叫んだ。「どんな奴だか知れたもんでねえぞ。一つも喋らねえでねえか。ひょっとすっと、何か変な……放っとけ、放っとけ、おい、皆！」

「帰るべえ」と言い出す者たちがいた。「ほんとに帰るべえ。こいつが何だってんだ。俺たちの伯父貴ってわけでもねえべ？　こんなのと関わりあっちゃ、とんだ災難だ！」

そして全員で村へ引き上げ、老人たちに、あそこに倒れているのは、ここの者じゃない、一つも喋らないし、あそこで何をしてるのだか、さっぱりわからない、と話して聞かせた。

「よそ者か、そんなら打っちゃっとけ！」老人たちは軒下の盛り土に腰掛け、両肘を膝の上についた格好で言った。「そんな奴、勝手にさせときゃええだ！　おめえたちも、そんなとこへわざわざ行くこたぁなかっただよ！」

オブローモフが夢の中で俄かに舞い戻った先は、こうした大地の一隅であった。

その地に点在する三つか四つの村の内、一つはソスノフカ、もう一つはヴァヴィロフカと言い、互いに一キロほど離れていた。

ソスノフカ村とヴァヴィロフカ村は、オブローモフ家の世襲領地であり、そのため、オブローモフカ村という総称で知られていた。

ソスノフカには、旦那の地主屋敷と庭園があった。ソスノフカから五キロばかり離れた所には、ヴェルフリョヴォという、やはり地主屋敷のある小さな村があり、これもかつてはオブローモフ家の持ち村であったが、とっくに人手に渡っていた。さらにこのヴェルフリョヴォ村に属する百姓家がいくつか点在していた。

ヴェルフリョヴォ村は裕福な地主の持ち物だったが、地主は自身の領地にさっぱり姿を見せず、領地の経営をしていたのは、ドイツ人の管理人だった。

この土地の地理と言えば、これで全部である。

イリヤ・イリイチ[11]は朝、自分の小さなベッドで目を覚ました。彼はまだほんの七歳。うきうきと心が弾んで愉快だ。

なんて可愛らしい、真っ赤なほっぺの、ぷくぷくした坊やだろう！　こんなに真ん丸なほっぺは、どこかの腕白小僧が、どんなにぷーっと膨らませても、とても真似はできない。

乳母《ばあや》は坊ちゃんのお目覚めを待ち構えていた。靴下を引っ張って履かせにかかる。でも坊やは、そんなのは嫌だと、ふざけて足をバタバタさせる。それを乳母が摑まえようとして、二人ともアハハと大笑い。

とうとう乳母は、坊やを何とか立たせると、お顔を洗ってあげ、髪を梳《と》きすかし、それからママのところへ連れて行く。

オブローモフは、ずっと昔に死んだ母親の顔を見て、夢の中でも嬉しさのあまり、母への熱い愛情がこみ上げ、身を震わせた。眠っている彼の睫毛の下から温かい涙が二粒、ゆっくりと浮かび上がり、そのままじっと目の縁にとどまっている。

母親は彼に熱烈なキスの雨を浴びせてから、坊やのお目々が曇っていないか、優しい眼差しで食い入るように彼を見つめ、どこか痛いところはないかと訊ね、今度は乳

11　この作品の主人公。イリヤ・イリイチ・オブローモフの名前と父姓。

母に、坊やはよく眠れたか、夜中に目を覚まさなかったか、幾度も寝返りを打ちはしなかったか、お熱は無かったかと、あれこれ問い質す。その後、坊やの手を取って、イコン[12]の前に連れて行くのだ。

そこで跪《ひざまず》き、坊やを片手で抱き寄せると、お祈りの言葉をそっと教え込む。坊やは心ここにあらずで、窓の外を眺めながら、お祈りの言葉をぼんやりと繰り返す。窓から部屋の中には、涼しい風とライラックの香りが流れ込んでくる。

「ママ、今日はお散歩に行く？」お祈りの最中に、ふいに坊やが訊ねる。

「行きますよ、坊や」母親は、イコンを見つめたまま口早に答え、急いで聖句を最後まで唱える。

坊やは面倒臭そうにお祈りの言葉を母親の後から繰り返しているのだが、母親は全霊をこめて祈っている。

その後、二人は父親のところへ行き、それからお茶の席に向かう。お茶の席では彼らの家で暮らしている八十歳にもなる、よぼよぼの伯母の姿を目にした。この老婆は、やはり老齢ゆえに頭を小刻みに震わせながら、伯母の椅子の後ろに控えてかしずいている女中に、ひっきりなしに文句を並べていた。そこには父方の遠戚である三人の老嬢や、母方の少し頭のおかしな義理の兄弟や、彼らのところに遊びに来ている七人の農奴を持つチェクメネフという地主や、その他にも幾人かの老人、老婆がいた。

オブローモフ家のこうした一族や取り巻き連中全員が、小さなイリヤ・イリイチを抱き上げると、愛撫と称賛の雨を浴びせかけるので、イリヤは欲しくもないキスの跡を拭う暇もないほどなのだ。

それが済んだら、今度は、さあパンだ、ラスクだ、クリームだと、次々食べさせようとする。

やがて母は、坊やをもう一度愛撫した後、庭園や中庭や草原の散歩に出してくれる。ただし、乳母に、坊やを一人にしてはいけない、馬や犬や山羊のところへ行かせてはいけない、家からあまり遠く離れてはいけない、わけても大事なのは、坊やを決して、ここら近隣で最も恐ろしい場所として良からぬ噂もある窪地には行かせてはいけないと、きつく言い渡したうえでのことだった。

12　ロシア正教の聖像画。

窪地ではいつだったか、犬が一匹みつかり、それは狂犬病だと皆に公認されたのだが、それも、村人たちが寄ってたかって熊手や斧で追い回したら、一目散で逃げ出して、山の彼方に消え去ったから、という理由だけでそう決めつけられたのだ。窪地には、動物の死骸が投げ捨てられる。ここには、強盗や狼、それに、この地や、あるいはこの世のどこにもおよそ無いような、ありとあらゆる生き物がいるに違いないと思われていた。

坊やは、母親の警告など、とても最後まで聞いてはいられない。もうとっくに庭に飛び出している。

まるで初めて見るように、わくわくどきどきしながら、両親の家の周りをぐるりと駆け回って、隈なく見ていく。――横へ傾《かし》いだ門、柔らかな緑の苔が一面に生えている真ん中が凹んだ木の屋根、ぐらぐら揺れる表玄関の階段、横や上に何度も建て増しを繰り返した家、荒れ果てた庭園……。

坊やは、家をぐるりと取り囲み宙にせり出しているバルコニーふうの回廊に駆け上ってみたくて仕方ない。そこから小川を見たいのだ。けれども回廊は、古びて朽ちかけており、何とかもっている有り様なので、そこを歩くことを許されているのは、召使だけで、旦那方は歩かないことになっていた。

坊やは母の注意なんぞそっちのけで、心を唆《そそのか》す階段の方に、早くも駆け出したが、表玄関のステップの前に乳母が現れて、すんでのところで摑まってしまった。

今度は乳母のもとから干し草置き場を目がけて突進していく。急な階段を昇ってやろうと思っているのだ。乳母はようよう干し草置き場に間に合って駆けつけても、次は鳩小屋によじ登るだの、家畜小屋に潜りこむだの、それに、滅相もない！　窪地へ行くだのと、ありとあらゆる思いつきを慌てて潰しに行かねばならないのだ。

「ああ坊ちゃん、まあなんて子なんだろうね！　こんなにクルクル忙《せわ》しなく動き回りなさって！　ちっとはおとなしく座っていられないもんかね？　みっともない！」

乳母は言う。

こんなふうに、乳母の毎日は、朝から晩までてんてこ舞いで走り回ることに明け暮れる。それは苦しみでもあり、子供を思う生き生きとした喜びでもあり、坊ちゃんが転びやせぬか、お鼻を怪我でもせぬかという恐怖でもあれば、坊やのあどけない心からの優しさゆえの感動でもあり、かと思うと、この子の遠い将来についてのおぼろげな憂いでもあった。乳母の心臓が脈打っているのはまさに、こうした思いのおかげであり、老婆の血はこうした心配事や興奮によってのみ温められ、その眠たげな人生が辛うじてもっているのも、そのおかげだった。さもなければ、多分、彼女の生命の火はとっくに消えていたはずだ。

とは言え、子供はいつも元気で飛び回っているばかりではなかった。時には不意におとなしくなり、乳母の横に座ったまま、あらゆるものをじっと見つめる。幼い知性は、目の前で起こるありとあらゆる現象を観察している。それらの現象は心の奥深くに浸透し、やがて彼と共に成長、成熟していくのだ。

素晴らしい朝だ。大気はひんやりとして、陽はまだ高くない。家、樹々、それに鳩小屋や回廊――あらゆるものから、影が長々と遠くまで伸びている。庭園にも裏庭にも、もの想いに耽ったりひと眠りしたくなるような涼しい木陰がいくつもある。ただ遥か彼方のライ麦畑だけが、火のように燃え、小川が陽光に照らされて眩しいほどきらきら輝いている。

「ばあや、なんでこっちは暗くて、あっちは明るいの？　それからあとであっちも明るくなるの？」子供は訊ねる。

「坊ちゃん、それはね、お日様がお月様に会いに行っても、お月様の姿が見えないと、お日様がしかめっ面をするんです。でもそのうち、遠くからお月様の姿をみつけると、お日様のお顔が明るくなるんですよ」

　子供は考えこんだまま、ずっと辺りを見回している。下男のアンチープが馬車で水を汲みに出かけるのが見える。地面には本物よりも十倍も大きい、もう一人のアンチープが並んで進んで行く。樽は家ぐらいの大きさに見えるし、馬の影は草原全体を覆ってしまった。その影は草原をほんの二歩歩いたら、忽ち丘の向こうに姿を晦《くら》ましたが、アンチープはまだ裏庭から出ていないのだ。

　子供も二歩ほど踏み出し、さらにもう一歩踏み出したら——もう丘の向こうへ消えてしまうだろう。

　彼は、丘の方へ行ってみたい。馬がどこへ消えてしまったのか、見たいのだ。門の方へ駆け出すと、たちまち窓の内から母親の声が聞こえる。

「ばあや！　坊やがお日様の下へ駆け出したのが見えないのかい！　木陰の涼しいところへ連れて行っておくれ。坊やのおつむは、陽に照りつけられたら、痛むじゃないか。吐き気がして食事もできなくなるよ。そんなことをしていて、今に窪地にでも行かれたらどうする気だね！」

「ああ！　この悪戯《いたずら》っ子が！」乳母は、小声で文句を言いながら、子供を玄関前の階段の方へ引っ張って行く。

子供は、飲み込みの早そうな鋭敏な眼差しで、大人たちが何をどんなふうにするのか、朝の時間を何に費やすのか、じっと見つめている。

子供の好奇心いっぱいの注意は、どんなに些細なことも見逃さない。家庭の日常の光景が、心の中に決して消えることなく刻まれてゆく。柔軟な知性は生きた手本をたっぷりと吸い込んでいき、知らず識らずのうちに、彼を取り巻く生活に沿って、自身の人生設計を描いていくのである。

オブローモフ家の朝がただ徒《いたず》らに過ぎていったなどとは、とても言えない。台所でメンチカツ用の肉や青菜を細かくトントン刻んでいく音は、村の方まで聞こえるほどだ。

召使部屋からは、紡錘《いとつむぎ》のブーンという音や、下女の静かなか細い声が聞こえるが、泣いているのか、それとも即興で歌詞のない物悲しげな歌を唄っているのか、それはどちらともわからない。

裏庭では、アンチープが水を汲んだ樽を運んで帰って来るなり、あちこちの隅々からバケツや桶や水差しを抱えた下女や御者どもが、ゆっくりと集まって来る。かと思えば、あちらでは、婆さんが一人、納屋から台所へ、粉の入った鉢と卵をひと山抱えて行くところだ。台所では、料理人が、窓から外にいる犬のアラープカに、いきなり水を浴びせかけた。アラープカはもう朝からずっと、脇目もふらずにけなげに尻尾を振りながら舌なめずりをして、窓の中を覗きこんでいたのだ。

主人の老オブローモフも、遊んでいるわけではない。老人は午前中はずっと、窓辺に座って、屋敷周りで行われていることを一つ一つ、厳しく監督している。

「おい、イグナーシカ？ 何を持って行くんだ、この馬鹿もん！」裏庭を通りかかった使用人に訊ねる。

「下男部屋へ包丁を研ぎに行くとこで」下男は旦那の顔は見上げずに答える。

「そうか、それなら、行った行った、いいか、よく研ぐんだぞ！」

次は下女を呼び止める。

「おい、ねえや！ どこへ行って来たんだ？」

「穴倉でごぜえます、旦那様」下女は立ち止まると、片手を目の上にかざして窓を見上げながら言う。「お食事の牛乳を取りに行きましたんで」

「もうよい、行った、行った！」旦那は答えた。「ただ、よく注意して、牛乳を零《こぼ》すんじゃないぞ！」

「おい、お前、ザハールカ[13]、この聞かん坊めが。またどこへ走って行くんだ？」と、今度は怒鳴りつける。「お前にはもう決して走らせんぞ！　お前が走っているのを見るのは、もう三度目じゃないか。玄関の間へ戻っておれ！」

そこでザハールは、玄関の間に、再び居眠りをしに行く。

草原から牝牛が帰って来ると、真っ先に水を飲ませるように気を配るのもオブローモフ老人だし、遠くで番犬が雌鶏を追い回しているのを、窓からみつければ、早速、この不始末に対して厳重な処置を講じる。

彼の妻もまた、ひどく忙しい。裁縫師のアヴェルカと一緒に三時間ほども、夫のキルティングの上着を、イリューシャ[14]坊やのジャンパーに、どうしたら縫い直せるか、話し合い、自らチョークで線を引いてみたり、アヴェルカがラシャ生地をくすねないように見張ったりする。その後は、女中部屋に移動して、女中たちの一人一人に、一日にどれだけのレースを編むか命じる。それが済むと、今度は、ナスタシャ・イワノヴナかステパニダ・アガポヴナ、さもなければ取り巻き連中のうちの誰かを呼んで、一緒に果樹園を散歩するのだが、ただ徒らに歩くのではなく、リンゴの熟れ具合はどうか、昨日熟していたリンゴが落ちてはいないか、あそこに接ぎ木をして、ここは剪定して、といった実践的な目的をもった散歩なのだ。

しかし何と言っても、いちばん手間ひま、気遣いを要するのは、料理と午餐《ディナー》だった。午餐については、家じゅうの者が知恵を出し合い相談する。例のよぼよぼの伯母までが、相談の席に呼ばれる。各人が思い思いの料理を提案した――ある者はモツ入りスープ、ある者はヌードルか牛の胃袋に詰め物をした料理、ある者はモツの煮込み、ある者は赤いソース、ある者は白いソース……。

あらゆる提案は考慮に入れられ、じっくり審議されたうえで、最終的には女主人《あるじ》の宣告に従って採用されたり却下されたりするのだ。

台所には、あるいはナスタシャ・ペトロヴナが、あるいはステパニダ・イワノヴナがひっきりなしに使いに遣られる。彼女たちは、あれを増やせだの、これを減らせだ

13 呼び名の最後に「カ」をつけるのは、主人が「上から下へ」見下す感じのニュアンス。

14 イリヤの愛称形。

の、指示を出したり、砂糖、蜂蜜、ワインを料理のために台所に持って行ったり、料理人が渡された材料をちゃんと全部料理に入れるかどうか、見張ったりするのだ。

食に関する気遣いは、オブローモフカ村では何にも増して大切な主要事項なのである。年中行事のさまざまな祝祭日のために、仔牛たちはどれほど立派に肥え太るように飼育されていたことか！ いかなる鳥たちが飼われていたことか！ その鳥の世話をするのに、いかに繊細な配慮をもって、どれほどの手間ひまがかけられていたことだろう！ 名の日[15]やその他の祝祭日用の七面鳥や雛鶏は、クルミのエサで丸々と太らせていた。ガチョウは、脂がのるように、祝日の数日前から運動をさせず、じっと動かぬように袋に入れて吊るされていた。ジャムやピクルスやクッキーの蓄えといったら、それはもう、ありとあらゆるものがあった！ オブローモフカ村ではさまざまな蜂蜜があり、手作りのクワス[16]も色々な種類が作られ、それにどれほど様々なパイが焼かれたことか！

こうして真昼までは、村全体がせっせと働き、気を配り、何もかもがそれはそれは充実した蟻のごとき目覚ましい生活を送るのである。
日曜や祭日も、この勤勉なる蟻たちは活動をやめない。そういう日の台所では包丁のトントンいう音が、普段より一層頻繁に力強く響きわたる。ねえやは平常の倍もの粉や卵を抱えて納屋から台所へ何度も通う。鶏小屋のけたたましい悲鳴と流血も、いつも以上だ。巨大なパイが焼かれ、それを旦那方は翌日も召し上がるのだが、三日目、四日目になると、お余りは女中部屋に下げられる。パイは金曜まで生きながらえ、もう詰め物など一つも入っていない、コチコチに干からびたパイの皮の端っこだけが、特別の恩恵としてアンチープにまで施される。アンチープは、十字を切ると、世にも珍しいこの化石を、少しも恐れることなくバリバリと噛み砕く。アンチープは、パイそのものを味わうというよりは、考古学者が千年も前の食器の欠片《かけら》で美味《うま》そうに安酒を飲むように、これは旦那方のパイなのだという思いを噛みしめながら味わっていた。

子供は、何一つ見逃さぬ子供特有の知恵を働かせて、あらゆる物事を見つめ、じっと観察している。彼は、有益にせわしなく過ごした朝の後、真昼と午餐がやって来るのを目にする。

15 ロシアでは聖人の名前がファースト・ネームとしてつけられることが多く、誕生日よりその名前の聖人の祝日を盛大に祝う習慣があった。
16 ふつうライ麦または麦芽で作る発泡性清涼飲料。イチゴなどの果実や蜂蜜で作ることもある。

炎暑の真昼、空には雲一つ無い。頭上の太陽はじっと動かぬまま、じりじりと草を灼く。大気は流れを止め、風はそよとも吹かない。樹木も水も、ぴくりとも動かず、村も野原も、揺るぎない静寂に覆われている――まるで一切が死に絶えてしまったかのようだ。虚空の中で人の声は遠くまでよく通る。四十メートルばかり離れたところで、コガネムシがブーンと飛んでも、鬱蒼と生い茂った草薮《やぶ》の中で誰かがずっと鼾《いびき》をかいているのも――どうやらそこへ誰かがごろりと倒れこむなり、気持ちよく眠っているらしい――何でもよく聞こえるのである。

そして屋敷の中も死んだような静寂に支配された。午餐の後の全面的な眠りの時間がやって来た。

子供は、父も母も年老いた伯母も取り巻き連中も――全員が、それぞれの部屋の一隅に引き上げてゆくのを見る。自分の居場所の無い者は、あるいは干し草置き場へ、あるいは庭園へ行き、また玄関入口の間に涼を求める者もいれば、暑気当たりと重い午餐に打ちのめされたその場にばったり倒れ、蠅除けのハンカチを顔にかけたまま眠りこんでいる者もいる。庭師も庭園の茂みの下でつるはしを投げ出したまま大の字になって寝ているし、御者は厩で眠っていた。

イリヤ・イリイチは、召使部屋を覗いてみる。皆がそれぞれベンチだの床だの玄関入口の間だのに、赤ん坊も放りっぱなしのまま雑魚寝《ざこね》しており、赤ん坊たちは裏庭を這い回ったり、砂を掘り返したりしていた。犬までが、吠えかかる相手がいないのをいいことに、犬小屋の奥深くに潜りこんでいる。

たとえ家屋敷全体を隈なく歩き回ってみても、誰にも出会うことがないだろう。そこらの物を一切合財荷馬車に積んで盗み出すことは、いとも簡単で、誰にも邪魔されないはずだ。もっともこの界隈に泥棒がいればの話だが。

これは、あらゆるものを飲み込み、どうにも抑え難い真に死に類する眠りであった。万物は死に絶え、ただ、あちらの隅からもこちらの隅からも、ありとあらゆる音色の鼾が聞こえてくるばかりである。

時たま、誰かが不意に夢から目覚めて頭をもたげたかと思うと、びっくりしたように辺りをぼんやりと見回すなり、またくるりと寝返りを打つ。さもなければ、目も瞑《つむ》ったまま、寝ぼけて唾をはいたり、あるいは唇をぴちゃぴちゃと鳴らしたり、何か小声でムニャムニャ呟くと、そのまままた眠ってしまう。

別の者は、何の前触れもなく自分の寝床からいきなり両足で立ち上がったかと思うと、貴重な時を惜しむかの如く、素早くクワス入りのジョッキを掴むなり、表面に浮いている蠅どもにふーっと息を吹きかけ、向こう側に吹き飛ばし、――それまでじっとしていた蠅どもは、己の事態の好転に望みをかけて激しくジタバタしはじめるのだが――お構いなしにぐびぐびと喉を潤すと、その場で撃ち抜かれたみたいに、またもやバタリと倒れこむ。

子供は、何から何までじっと観察し続けていた。

彼は、乳母と一緒に午餐の後は、また外の散歩に出かける。ところが乳母も奥様の厳しい命令や自身の意志にもかかわらず、眠りの魅力に抗することはできない。彼女もまた、オブローモフカ村に蔓延している病に感染してしまったのだ。

乳母も初めのうちは元気に坊やを見守って、自分のそばからあまり遠くに行かせず、坊やの腕白に厳しい小言を並べていたのだが、やがて蔓延する感染症の諸症状を自覚すると、門の外には出て行っちゃいけませんよだの、山羊に触っちゃいけませんよだの、鳩小屋や回廊によじ登らないで下さいよだの、と懇願しはじめる。

乳母本人は、玄関前の階段や穴倉の敷居、さもなければ単なる草の上など、涼しい場所にどっかり腰を下ろしている。どうやら靴下を編みながら子供の見張りをするつもりらしい。しかしじきに頭をこっくりこっくりさせて、坊やを制止する声も気だるげになってゆく。

「よじ登るよ、あのすばしっこい悪戯っ子は、もしかすると回廊によじ登るよ」乳母は夢うつつで考えていた。「それに……ひょっとしたら、窪地に行ってしまうかも……」

このとき、乳母の頭はがくんと膝の方に垂れ、手から靴下が落ちた。視界から子供は消え、彼女は少し口を開けたまま、微かな鼾をもらしはじめる。

子供は、今か今かとこの瞬間を待ちかねていた。今こそ彼の独立した生活が始まるのだ。

彼はこの広い世界中に今たった一人でいるようなものだ。爪先立ちで乳母の下から逃げ出すと、誰がどこで眠っているのか、一人残らず見て回る。誰かが目を覚まして唾を吐いたり、夢の中で何かムニャムニャ呟く様子を、いちいち立ち止まっては、じっと見つめる。それからドキドキしながら、回廊に登ると、床板をギシギシ軋ませながら、ぐるりと一周駆け回り、鳩小屋によじ登り、庭園の奥深い茂みに入り込み、コガネムシがブーンと飛ぶ音に耳を澄ましたり、それが空中を飛んでいくのを遠くまで目で追ったりした。草むらで虫がしきりにすだいていると、この静寂の破壊者をみつけて摑まえる。トンボを摑まえて羽を毟《むし》り、そうしたらどうなるかを見る。さもなければ、トンボの胴にワラを一本突き通して、トンボがこの余計な荷物を背負って飛ぶさまを目で追う。蜘蛛が摑まえた蠅の血を吸い、哀れな生贄が蜘蛛の足に押さえつけられたまま、もがき、唸る様子をじっと息を詰めて夢中になって観察し、結局は生贄も迫害者も殺してしまうのだ。

やがて子供は溝へ潜りこみ、土を掘って、何かの根っ子を掘り当てると、その皮を剝いて、ママがくれるリンゴやジャムより美味しいや、と思いながら、思うぞんぶんそれを食べる。

門の外にも駆け出す。白樺林に行ってみたいのだ。白樺林はすぐそばだから、五分で行けそうな気がする。もちろん、道伝いにぐるっと回って行くのではなく、溝や編み垣や穴を跳び越えて、一直線に行けばの話だ。けれどもそれは怖いのだ。あそこには、森のお化け《レーシー》だの強盗だの恐ろしい野獣だのがいるという噂だから。あの窪地にもひとっ走り行ってみたい。窪地は庭園からほんの百メートルしか離れていないのだ。早くも窪地の淵まで駆け寄ると、目を細め、火山の噴火口を覗くように、覗き込んでみたかったのだが……ところが急にこの窪地に関する、ありとあらゆる噂話や伝説が思い浮かんだ。ふいに恐怖に捉われ、生きた心地もなく夢中で逃げ帰り、恐怖に震えながら乳母の胸に飛び込み、老婆を起こした。

乳母は慌てて夢から跳ね起きると、頭に被っていたスカーフ《プラトーク》を整えて、はみ出した白髪の房を指でスカーフの下に押し込む。そして居眠りなんぞまるきりしていなかったような振りをして、まずイリューシャ坊やを疑り深そうにじろりと見てから、旦那方の窓を見上げ、それから膝にずれ落ちていた靴下を拾い上げ、震える手に持った編み棒で一目一目編みはじめた。

そうしている内に、暑気も少し和らぎ、自然の万物が活気づいてきた。太陽ももう森の方に移動している。

家内でも少しずつ静寂が破られていく。どこかの部屋の片隅で扉がギーッと軋んだり、裏庭で誰かの足音が聞こえたり、干し草置き場で誰かがくしゃみをしたりする。

やがて台所から、下男が一人、馬鹿でかいサモワールを、その重みで身を屈めながら、あたふたと運んで来る。皆がお茶の席に集まりはじめた。顔に寝皺ができて、目を涙で潤ませている者もいれば、頬とこめかみに赤い寝跡ができている者も寝ぼけて自分のものとも思われぬ声で話している者もいる。誰もがまだ目覚め切らず、寝息のような音を立てたり、おおっと言ってみたり、欠伸《あくび》をしたり、頭を掻いたり、身体をほぐしたりしている。

午餐と午睡のせいで皆、ひどく喉が渇く。渇きが喉を焼くので、お茶を一、二杯あまりも飲むのだが、それでも渇きは癒えず、呻き声や唸り声が聞こえる。ひたすら喉の渇きを癒したいがために、皆、コケモモや梨のジュースやクワスに助けを求め、中には薬に頼る者もいる。

誰も彼もが神の罰の如き渇きからの解放を求めて、苦しみながら右往左往し、アラビアの砂漠でどこにも泉がみつけられない旅行者たちのキャラバンのようだった。

このとき、坊やはママのそばにいて、彼を取り巻く奇妙な人々の顔をじっとみつめ、彼らの眠たげな気だるい会話に聴き入っていた。こういう大人たちの顔を見るのは愉しかったし、連中の馬鹿げた話がいちいち面白く思われた。

お茶の後は、それぞれが好きなことをしはじめる。小川に出かけ、小石を蹴っては水の中に落としながら川岸を静かに散歩する者もいれば、窓辺に腰を下ろして、時々刻々と移りゆく現象の一つ一つを目で捉える者もいる。猫が裏庭を駆け抜けても、コクマルガラス[17]が飛び去っても、観察者はいちいち右へ左へと首を巡らせ視線と自身の鼻先でこれらの後を追う。こんなふうに犬たちも時々、日がな一日窓辺に座って、頭にお日様を浴びながら、通行人の一人一人を仔細に見つめるのを好むことがあるものだ。

母親はイリューシャの頭を抱えると、膝の上に乗せて、ゆっくりと彼の髪を、なんて柔らかいんでしょう、と見とれながら、櫛で解いてやる。そして、ナスタシャ・イワノヴナとステパニダ・チホノヴナにも同じように見とれることを強いるのだ。母親は、二人を相手にイリューシャの将来について話し込み、息子を自身が創りあげた何やら輝かしい叙事詩の英雄に仕立て上げてしまう。二人とも、坊ちゃんはきっと金山を掘り当てますとも、と請け合うのだ。

ところがそろそろ黄昏《たそがれ》が始まる。台所では再び火が熾《おこ》され、パチパチとはぜ、包丁のトントンという音が鳴り響く。夕食の支度をしているのだ。

召使たちが門のところに集まった。バラライカの音色と笑い声が聞こえる。皆、鬼

17　カラスの一種。

ごっこをしているのだ。

太陽は早くも森の彼方に沈みかけている。太陽は微かに温もりのある幾筋もの光線を投げかけ、それが真っ赤に燃える帯となって森全体を刺し貫き、松の木々の天辺を鮮やかな黄金色に染めている。やがて光線は、一筋ずつ消えてゆく。光線の最後の一筋は、いつまでも残っており、細い針のように木々の枝の茂みを刺し貫いていたが、やがてそれも消えた。

物はみな、その形を失ってゆき、すべてが溶け合って、初めは灰色の、やがて暗い一つの塊になっていった。小鳥たちの歌声も次第に弱くなり、じきにすっかり静まってしまう。一羽だけ、どこかの強情な小鳥が、皆に逆らうように全体の静寂のただ中で途切れ途切れに一本調子な囀りを続けていたが、それも次第に間遠になり、とうとうか細く微かにピーと鳴くと、最後に一度、翼を羽搏《はばた》かせ、周りの葉を微かに揺らしてから……眠りに落ちた。

何もかもが静まりかえった。ただキリギリスだけが、競い合うように、一層激しくすだいている。土の中から白い蒸気が立ち上り、草原や川面に広がっていく。川も静まった。しばらくすると、川の中で不意に何かがもう一度最後にパシャリと跳ね、それっきり川は動きを止めた。

湿気が漂いはじめ、みるみる暗くなってゆく。木々は何本かずつ纏まり、いくつもの怪物めいた姿になり、森は恐ろしい場所になった。森の中で何か生き物が不意にみしみしと軋む音を立てる。まるで怪物の一つが元いた場所から別の場所へ移動し、その足下で枯れ枝がポキポキと折れているみたいだ。

空には、生きた眼のように、一番星がピカリと輝き、家の窓の中では灯りが瞬きはじめた。

自然万物を遍《あまね》く覆う厳かな静寂の瞬間がやって来た。こうしたとき、創作の知性はひと際旺盛な力で働き、詩的想いは一層熱く滾《たぎ》り、心の中では情熱の火花がより生き生きと燃え盛る。あるいは憂愁がより痛切に感じられ、無情な魂のうちでは罪深い考えの種子がしっかりと一層力強く熟してゆき、そして……そんなとき、オブローモフカ村では何もかもが、それはそれはぐっすりと安らかな眠りにつくのである。

「ママ、お散歩に行こうよ」イリューシャが言う。

「まあ、何を言うの、とんでもない！　今ごろお散歩だなんて」彼女は答える。「湿気ていて、あんよが冷たくなってしまいますよ。それに怖いのよ。森の中では今ごろは、森のお化け《レーシー》が歩き回っていて、小さな子供たちは攫《さら》われちゃうのよ」

「どこへ攫って行くの？　森のお化けって、どんなものなの？　どこに住んでるの？」坊やは訊ねる。

するとと母親は、自身の抑え難い想像力を解き放った。

坊やは目を開けたり閉じたりしながら、母親の話を聴いていたが、とうとう眠気に負けてしまう。乳母《ばあや》がやって来ると、坊やを母親の膝の上から抱き取り、もう乳母の肩越しに頭を垂れて眠っているのを、ベッドに連れて行く。

「やれやれ、これで今日も一日が終わった、ありがたいこった！」オブローモフカの住人たちは、十字を切りながら唸るように言って、寝床に横たわる。「無事に一日過ごせた。どうか明日も無事でありますように！　神よ汝に栄光あれ！　主よ汝に栄光あれ！」

やがてオブローモフは別の時季の夢を見た。果てしない冬の晩、彼は乳母にこわごわしがみついており、乳母はどこか見知らぬ国のお話を囁いて聞かせている。そこでは夜も無ければ寒さも無く、いろんな奇跡がしじゅう起こり、蜜と乳の川が流れており、一年中誰一人何もせず、イリヤ・イリイチのような立派で善良な若者たちや美人たちが、日がな一日、ただぶらぶらと遊び暮らすことしか知らないのだ。それはもう、お伽噺でも語れない、絵にも描けないほどの素晴らしさだ。

そこには、善良な魔法使いもいて、それは時には川カマスの姿で現れるのだが、おとなしくて悪気のない男――別の言葉で言えば、皆に馬鹿にされているどこかの怠け者を、自分のお気に入りに選んで、その男にこれといった理由もなしに、ありとあらゆる幸運を浴びせかけるのだ。男は、悠々と食事をし、お誂えの服でおめかしをして、挙句の果てには見たことも聞いたこともないような、どこかの美人、ミトリサ・キルビチエヴナ[18]と結婚するのだ。

坊やは耳をそばだて、目を見開き、夢中になってお話に聞き入っている。

乳母の話や言い伝えの物語の中では、現実にあることを何もかも実に巧みに回避しているので、虚構が浸透した想像力や知恵は老齢に至るまでそのまま虚構に隷属し続けるのだ。乳母は悪気なく、「エメリアの馬鹿[19]」の昔話を語ったが、それは、私たち

18　フォークロアのお伽噺「ボヴァ王子の物語」に登場する女性。

の祖先に対する意地悪く陰険な諷刺であり、ひょっとすると私たち自身への諷刺なのかもしれなかった。

イリヤ・イリイチは大人になってから、蜜や乳の流れる川や、善良な魔法使いなどいないことを悟り、乳母の話を微笑みを浮かべながら馬鹿にしたが、その微笑みは本物ではなく、密かな溜息混じりのものだった。彼にとって、お伽噺は人生と入り交じり、なぜお伽噺は人生ではなく、人生はお伽噺ではないのかと時には知らず識らずのうちに悲しく思うこともある。

オブローモフは思わず、ミトリサ・キルビチエヴナのことを夢見ている。誰もがぶらぶら何もせずに遊ぶことしか知らず、心配事も悲しみもない国にしきりに惹かれる。彼は、暖炉の上で寝そべったり、自分で稼いだわけではなく誰かが誂えてくれた服を着て、善良な魔法使いにご馳走になって飲み食いしたいという性分をいつまでも持っていた。

オブローモフの父も祖父も、何世紀も何世代にも亘り、乳母や爺やの口伝えで昔からの定型化した同じお伽噺を子供の頃にじっくり聴きこんでいたのだ。

乳母は一方、また別の光景を坊やの想像力に描きこんでみせる。

乳母は、我が国のアキレウスやオデュセウスたちの勲功について、イリヤ・ムロメツやドブルィニャ・ニキチチやアリョーシャ・ポポヴィチの豪胆さ、勇士ポルカンや巡礼コレシチェ[20]について、彼らがいかにルーシの地を遍歴し、雲霞のごとき回教徒の大軍と戦い、誰が一気に緑酒[21]の大盃を飲み干して喉も鳴らさぬ競争をしたかを語り聞かせた。やがて乳母は邪悪な強盗どもや眠り姫たち、それに石となった町や人々について物語り、最後には我が国の鬼神学《デモノロジー》、つまりは死人や怪物や妖怪に話は移っていくのだ。

乳母はホメロスの単純さと善良さをもって、ホメロス同様、情景を生き生きと正確かつ詳細に描き、ロシアの生における躍動感に満ちたイリアスを子供の記憶と想像力に刻みつけた。ロシアのイリアスは人がまだ自然や生活の危険や神秘と折り合いがつ

19　「怠け者のエメリア」とも呼ばれるロシア民話。怠け者のエメリアがあるとき川で取ったカマスを助け、以来、そのカマスが何でも彼の願い事を叶えてくれたおかげで、その国の王女様と結婚して幸せな生涯を送ったという物語。

20　いずれもロシアの口承叙事詩や民話の主人公。

21　うまい酒、酒の美称およびウォトカのこと。

かず、妖怪だの森の化け物を前にして身を震わせ、周り中の厄災からの守護をアリョーシャ・ポポヴィチに求め、空気にも水にも森にも野原にも不思議が満ち溢れていたあの霧に霞んでいた時代に、我が国のホメロスたちが創り出したものだ。

当時の人の生活は、恐ろしく、不確かなものだった。家の敷居を跨いで一歩外へ出たら最後、危険が待っている。下手をすると、野獣に八つ裂きにされたり、強盗に切り殺されたり、邪悪なタタールに身ぐるみ剝がされたり、さもなければ行方不明になって跡形もなく消え失せるかもしれない。

かと思うと、突然、天に何かの前兆の火柱や火の球が姿を現したり、新しいお墓の上に人魂がぽっと燃え上がったり、さもなければ、森の中で誰かが提灯でも持ってうろうろ歩き回り、恐ろしい高笑いをして暗闇の中でぎらりと目を光らせる。

そして人間自身にも、さっぱりわけのわからないことが、いくらでも起こるのだ。永年息災で恙《つつが》なく暮らしていた者が、ある日突然、まことに奇妙なことを口走りはじめたり、己ならざる声でわめき出したり、かと思うと、夜毎に眠ったままうろついたり、何の理由もなしにひきつけを起こしてぶっ倒れたりする。そしてこうしたことが起きる直前には、必ず雌鶏が雄鶏の真似をしてコケコッコーと鳴いたり、カラスが屋根の上でカアカア鳴いたりした。

か弱き人間は狼狽《うろた》えて、恐怖を覚えつつ生活の中を見回しながら、自身を取り囲む自然及び自身の中にある自然の神秘を解く鍵を求めて、あれこれ想像してみるのだ。

いや、ひょっとすると眠りやだらけた生活が永遠に続く静寂さゆえに、活動やあらゆる現実の恐怖、冒険、危険の欠如ゆえに、人は自然世界のただ中に、別の架空の世界を創り出したのかもしれない。そしてその架空の世界に、空しく過ごしていた想像力が思う存分羽を伸ばせるような気晴らしを求めたり、さもなければ、ある現象を引き起こした様々な事情や理由のありふれた絡み合いを、その現象そのものの外で解き明かそうとしたのかもしれない。

私たちの哀れな祖先は、手探りで暮らしていた。自身の意志力を鼓舞することも制御することもなく、やがて困難や悪に出会うと、素朴に驚き恐れ、その理由を自然のもの言わぬ曖昧な象形文字に問い求めた。

彼らは、死は、その前に故人を門の外に運び出したとき、足ではなく頭を先に出したからだと思っていたし、火事は、犬が窓の下で三晩も吠えたせいだと思っていた。そこで故人を門の外へ運び出すときは、努めて足を先にするようにしたが、相変わらず同じ物を食べ、剝き出しの草の上で眠るのだ。吠えつく犬は叩かれ、庭から追い出されたが、松明《たいまつ》代わりの木片の火の粉は、やはり腐った床板の隙間にはたき落としていた。

今日に至るまで、ロシア人は、空想を欠いた厳しい現実に囲まれながらも、古《いにしえ》の怪しげな言い伝えを信じたがり、ひょっとすると、まだこの先長いこと、こうした迷信を棄てることはできないかもしれない。

乳母から、我が国の金羊毛たる火の鳥[22]についてのお伽噺や、魔法の城の障壁や抜け道についての物語を聞かされていると、坊やは、時には自分が偉業の英雄になったところを想像して、勇ましい気分になり、背中がぞくぞくしたり、また時には勇士の敗北に心を痛めたりした。

お伽噺は、次から次へと淀みなく流れ出た。乳母は熱っぽく、生き生きと夢中になって、ところどころは霊感に満ちて物語った。というのも、乳母自身が、半分は本気でこれらの物語を信じていたからだ。老婆の眼はぱっと輝き、興奮のあまり頭はぶるぶると震え、声は尋常ならざる高音になっている。

坊やは神秘的な恐怖に囚われて、目に涙を浮かべながら乳母にひしとしがみつく。

話が、真夜中にお墓の中から起き上がる死人だの、怪物に捕まって苦悶する犠牲者だの、さもなければ、片足が木の義足で、断ち切られてしまった自分の足を求めて、村から村へと歩き回る熊だのに及ぶと、坊やの髪は恐ろしさのあまり逆立ち、子供の想像力は、凍り付いたり沸騰したりする。坊やは、苦しくも甘く疼くような体験をしており、神経は弦のように張りつめていた。

乳母が陰鬱な声で熊の言葉を繰り返して「軋め軋め、俺の菩提樹の足。俺は村から村へと歩き回った。かかあどもは皆、眠っていたけれど、一人だけ眠っていないかかあがいて、俺の毛皮の上に座って、俺の肉を茹でながら、俺の毛を紡いでいやがる」などと言ったとき、そして熊がとうとう百姓家の中に入って来て、自分の足をかっぱらった奴に、今やまさに摑みかからんとしたとき、坊やは堪えきれずに、ぶるぶる震えながら、きゃあと金切り声をあげて、乳母の両腕めがけて飛び込んだ。驚愕した坊やの眼には涙が迸り、とは言え同時に、自分は野獣に爪を立てられているのではなく、

22 金羊毛はギリシャ神話でアルゴナウテスたちがそれを求めて黒海東岸コルキスへ遠征した。火の鳥はロシア民話にある魔法の鳥。

暖炉の傍の寝台の上に乳母と一緒にいるのだと思うと、嬉しくて声をあげて笑うのだ。

少年の想像の中には、奇妙な妖怪たちが棲みつき、恐怖感とふさぎの虫が長年にわたりひょっとすると永久に魂の中に深く根を下ろした。彼は哀しげに周りを見回し、人生の中にいつも害毒や不幸を見出しては、悪も心配事も悲しみもなくミトリサ・キルビチエヴナが暮らしている、そして何もせずとも食べ物も着る物もちゃんと与えられる、あの魔法の国のことをしきりに夢見るのだ……。

お伽噺は、オブローモフカ村の子供たちのみならず、大人たちに対しても、人生の最後まで威力を保ち続ける。お屋敷や村のありとあらゆる人々——旦那と奥様を筆頭に、筋骨逞しい鍛冶屋のタラスに至るまで、誰もが暗い晩には何かに怯えて身を震わせた。そんなときは、あらゆる木が巨人に変身し、あらゆる茂みが強盗の巣窟に変わるのだ。

よろい戸がガタガタ鳴ったり、煙突の中で風がヒューッと唸り声をあげると、男も女も子供も蒼ざめる。主顕節には、夜の十時を過ぎると、誰も一人で門の外へ出ようとはしない。復活祭を迎える深夜には、誰もが馬小屋に行くことを怖がる。そこで家の守り神《ドモヴォイ》に出くわすのを恐れているからだ。

オブローモフカ村では、何でもかんでも――妖怪だろうが、幽霊だろうが――、信じられている。干し草の山が野原をゆっくり歩き回っているという話を聞かされれば、よく考えもせずにそれを信じこむし、これは羊じゃなくて、何か別のものだとか、これこれのマルファかステパニダは魔ものなのだという噂を誰かが吹聴すれば、羊やマルファを恐れる。オブローモフカの連中は、なぜ羊が羊でなくなったのか、マルファが魔女になったのか、それを訊ねることなど、思いつきもしないし、それどころか、そういうことに疑念を抱く者がいたら、飛びかかっていくだろう――ことほど左様に、オブローモフカでは、摩訶不思議なるものへの信心が深かったのである！

イリヤ・イリイチもやがて知ることになる――世界は単純に創られており、死者が墓から起き上がることなどなく、巨人は姿を現すや否や見世物小屋に入れられるし、強盗は監獄に入れられてしまうのだと……。ただし、幽霊を信じる心そのものは消えても、何かしら恐怖や本能的な憂いの名残は残っている。

イリヤ・イリイチは、怪物がもたらす不幸など無いことを知ったし、そもそもどんな不幸があるのかもほとんど知らないのだが、それでも至るところでしょっちゅう、何かしら恐ろしいことが起こりそうな気がして、びくびくしている。今でも暗い部屋に一人で残されたり、遺体を見たりすると、幼年時代に魂の中に忍び込んだ不吉なふさぎの虫のせいで、身震いがするのだ。朝になると、己の恐怖を笑うのだが、夜が来ると、再び蒼ざめてしまう。

さらにイリヤ・イリイチは、不意に、十三歳か十四歳の少年時代の自身を夢に見た。すでに彼は、オブローモフカ村から五キロほど離れたヴェルフリョヴォ村の、土地の管理人、ドイツ人のシトリッツの下で学んでいた。シトリッツは、周辺の貴族の子弟のための小さな寄宿学校を開いていたのだ。

シトリッツには、オブローモフとほぼ同い年の自分の息子、アンドレイがおり、さらにもう一人、ほとんど少しも勉強せず、もっぱら瘰癧《るいれき》[23]に苦しみ、幼年時代の間ずっと、眼か耳に包帯を巻いて過ごしていた少年が預けられていた。その子は自分がお婆さんの下ではなく、よその家で意地悪な人々に囲まれて暮らしているとか、優しく甘やかしてくれる人もいなければ、大好物のピロシキを焼いてくれる者もいないと言っては、二六時中こっそり泣いてばかりいた。

この三人の少年以外、今のところ寄宿学校には誰もいなかった。

オブローモフの父と母は仕方なしに、甘えん坊のイリューシャを学校に入れることにしたのだが、それは、泣くの喚くの駄々をこねるのの大騒ぎの末だった。しかし、とうとうイリューシャは連れて行かれた。

そのドイツ人は、ほとんどすべてのドイツ人がそうであるように、実務の才に長《た》けた厳格な人間であった。ひょっとすると、イリューシャも彼の下で何かしらをしっかり習得できたかもしれない――オブローモフカ村がヴェルフリョヴォ村から五百キロばかり離れていたなら……。ところが実際はすぐ傍なのだから、一体どうして何かを習得することなどできようか？ オブローモフカ村の雰囲気、暮らしぶり、習慣の強烈な感化は、ヴェルフリョヴォ村にも及んでいた。何しろヴェルフリョヴォもかつてはオブローモフカの一部だったのだから。そこでは、シトリッツの家を除いて、あらゆるものに、オブローモフカと同じ原初の怠惰、単純素朴な気質、静寂と不動性の気配が漂っていた。

子供の頭や心は、彼が初めての本を目にするよりも先に、こうした日常のありとあ

23 頸部リンパ節結核。

らゆる光景や場面、風習で満たされていた。子供の脳の中で知恵の種子がいつ芽吹きはじめるものか、誰にもわかりはしない。幼な子の心の中で、初めて理解力や印象が生まれるところをどうやって、確かめることができるだろう？

ひょっとしたら、赤ん坊は、まだ漸く片言を話しはじめたばかりの頃、あるいはひょっとするとまだ全然口もきけず、歩くこともできない頃、ただありとあらゆるものを、じっともの言わぬ子供の眼差しで、大人が言うところの薄ぼんやりした眼差しで見ているだけの頃に、既に自分を取り巻く環境の、さまざまな現象の関係性や意味がわかっており、ただそれを自身にも、他者にも話すことができないだけなのかもしれない。

ひょっとするとイリューシャはもう大分前から、自身の目の前で皆が話したり、したりすることに気づいて、理解しているのかもしれない――彼の父親がビロードのズボンをはいて、茶色のウールの綿入れジャケットを着て、両手を後ろに組んだまま、部屋の隅から隅へと日がな一日歩きまわっては、嗅ぎ煙草を嗅いで、洟をかむことしか知らないことも、母親がコーヒーからお茶へ、お茶から午餐へと飛び移っていることも、それに、父親が、刈り取った干し草や収穫した穀物の山が幾つできたか確かめてみるとか、見落としを厳格に処罰しようなどということは金輪際思いつきもしないくせに、ハンカチをすぐに渡さなかったりした日には、「けしからん」と怒鳴りつけて、家じゅう、上を下への大騒ぎになることも……。

ひょっとすると子供心にもイリューシャは、ずっと前から、彼の周りの大人たちのような暮らしぶりの他に、生きるべき道はないのだと思い定めていたのかもしれない。それに、他にどんな決断が彼にできただろう？　ではオブローモフカの大人たちはどんなふうに生きていたのか？

彼らは、何のために人生は与えられたのか、などと、自問したことがあるだろうか？　知る由もない。そしてその質問にどう答えたか？　おそらく何とも答えなかったはずだ。それは彼らにとって、真に単純かつ明快なことだったからだ。

彼らは、いわゆる苦労の多い人生も、辛い心労を胸に抱え大地の上をなぜかせかせかとあちこちに駆け回る人々も、さもなければ人生をとこしえに果てしなき労働に献《ささ》げている人たちについても、聞いたためしがないのだ。

オブローモフカ村の者たちは、心の不安というものもあまり信じていなかった。また、人生を、どこかへ何かを目指して永久に変転し続けるものとも思っていない。情熱に翻弄されることを火のように恐れ、よその土地では、人々の身体は、心の内なる炎が火山のように噴き上げるために、たちまち熱く燃えるのに、オブローモフカの人々の心は、柔らかな身体の中に何の支障もなく穏やかに埋もれているのだ。彼らの人生は、よその人たちのように、年に似合わず皺が刻まれることも、精神の変調をきたす発作や致命的病に苦しむこともない。

善良なる人々は、生活とは、安らぎと無為の理想に他ならぬものであり、それが時折、様々な不快なる予期せぬ出来事――病気や損害や喧嘩、それについでながら労働――によって妨げられるのだと理解していた。

彼らは労働を、既に我々の先祖に課せられた罰として耐えていたが、どうしても好きにはなれず、常に隙あらば逃れようとしており、それはしても良いことだし、すべきことだとも見なしていた。

オブローモフカの人々は、一度たりともどんよりした知的あるいは倫理的問題に振り回されて狼狽えたことなどなく、それゆえにいつも変わることなく元気溌剌として朗らかであり、皆、長生きだった。四十歳の男性など、若者のようだし、老人たちも困難な苦しい死と闘うことなく、驚くほど長生きをし、あたかもこっそり亡くなるように、静かに身体を強張らせてゆき、そっと息を引き取るのだ。まさにそれゆえに、昔は人々が今より頑健だったと言われるのである。

そうだ。たしかに今より頑健だった。以前は子供に慌てて人生の意味を説明したり、何か込み入った重大事に備えるように、人生に備えさせたりはしなかったし、子供に本を読ませて苦しめることもなかった。本は頭の中に山ほどの質問を生み出し、質問は頭と心を苛《さいな》み、生命を縮めるからだ。

人生の規範は両親によって準備され、彼らに与えられた。両親はやはり祖父が用意したものを受け入れたのであり、祖父は曽祖父からその規範を、竈《ヴェスタ》の女神の火のごとく、完全無欠にして不可侵なものとして、守れという遺訓とともに受け継いだのである。先祖代々、父祖の下で行われたことは、イリヤ・イリイチの父の下でも行われ、多分、今でもオブローモフカでは同じように行われているのである。

何を思い悩み、心配することがあろうか？　何をあらためて知り、苦労していかなる目的を達成しようというのだ？　そんなことは何一つ無用である。人生は穏やかな川のように彼らの脇を流れて行き、彼らはただその川の岸辺に座ったまま、こちらが呼んだわけでもないのに次々と各人の眼前に避け難く現れる事柄を眺めていればいいのだ。

そして今や、眠っているイリヤ・イリイチの想像の中に次々と活人画[24]のように展開したのは、まず初めに彼の家族にも親戚にも、そして知人たちにも起きた人生における三つの主要な出来事――出産、結婚、葬式であった。

やがてそれに引き続き思い出されるのは、悲喜こもごもの様々な色合いの細々としたことどもである――洗礼式、名の日の祝い、家族の祝日、斎期《ものいみ》直前の日、斎期明けの日、賑やかな食事、親戚の集まり、歓迎の挨拶、祝賀の言葉、儀式に伴う涙と微笑み。

すべてがそれはそれは几帳面に重々しく厳かに執り行われるのだ。

イリヤ・イリイチは、様々な儀式の折の、知り合いの者たちの顔や表情、彼らの気遣いやあくせくする様子までが目に浮かんだ。この人たちは、いかにデリケートな縁談の世話だろうといかに荘重な結婚式や名の日の祝いの支度だろうと、何の手抜かりもなく、すべてを型通りにきちんとやってのける。誰をどこの席に座らせ、何をどんなふうに出すのか、式に向かうとき、誰と誰を一緒の馬車に乗せるか、ジンクスは守るべきか――こうしたありとあらゆる事柄において、オブローモフカでは未だかつて一人たりとも、ほんの些細な過ちも犯したことはなかった。

こういう地で子供が立派に育てられないわけがない。この地の母親たちが抱いたり手を引いて歩かせたりしているバラ色のずっしりと重いキューピッドたちを一目見ればわかる。母親たちは、子供はぷくぷくと太っていて、色白で元気一杯でなければいけないという自説を譲ろうとしない。

春先にヒバリの形をした糖蜜菓子を焼かないことには、春なんぞ諦めたってかまわないし、春の気配を認めるのも御免なのだ。春の到来を認めぬわけにはいかないのだから、この決まり事も実践しないわけにはいかない。

ここに彼らの人生と学問のすべてがあり、悲しみと喜びのすべてがある。だからこそ彼らはありとあらゆるその他の気苦労や憂いを我が身から追い払ってしまい、その他の喜びは何も知らないのだ。彼らの人生にはもっぱらこうした昔からの避けて通れぬ幾多の出来事がひしめいており、それらが彼らの頭や心にとって汲めども尽きせぬ糧となっていた。

24 生きた人物が扮装して背景の前に立ち、絵画を再現するもの。

彼らは胸をドキドキさせながら、儀式だの宴会だの式典だのを待ち受け、やがて人に洗礼を授けたり、結婚をさせたり、葬いを済ませると、その人やその運命についてはすっかり忘れてしまい、いつもの無気力《アパシー》に陥り、そこから抜け出すことができるのは、同じような出来事――名の日の祝いや結婚式等などのおかげ、という塩梅だった。赤ん坊が生まれるとすぐに、両親が真っ先に気を配るのは、なるべく正しく、いかなる手抜かりもないように、この子のために万事礼節に適《かな》った儀式を執り行うこと、すなわち、洗礼式の後の祝宴を饗することであった。この子に対する気遣い溢れる世話が始まるのは、その後だった。

母親は自らと乳母《ばあや》の任務は、元気一杯の子供を育てること、風邪を引かせぬように、「凶眼」[25]やその他あらゆる敵意ある境遇から子供を守ることだと心得て、子供がいつも明るく楽しいように、たらふく食べられるように、精一杯働くのである。

息子がようやく一人前に成長し、つまりはもう乳母の世話も要らなくなるや否や、母親の心には早くも、息子に良い相手を――これまたなるべく元気でバラ色の頬っぺの持ち主を探そうという密かな願望が忍び込む。

再び到来するのは、さまざまな儀式や祝宴の時期《エポック》、果ては結婚式だ。人生の全パトスはまさにここに集約される……。

やがて早くも繰り返しが始まる――子供の出産、儀式や宴会が、葬式で情景描写が様変わりするまで続いてゆく。しかしこの様変わりもそう長いわけではない。ある者たちが別の者たちに席を譲るだけのことで、子供が若者になり、それと共に花婿となり、結婚して、自分と同じような子供たちを生む――かくして人生はこのプログラムどおりに途絶えることなく千篇一律の織物のように続き、いつの間にか墓の目の前でふっつりと途切れるのだ。

たしかに時には毛色の変わった心配事に付きまとわれることもある。しかしオブローモフカの住民は、そうしたことに対して大抵は泰然自若、ぴくりとも動かず、心配事は彼らの頭上をしばらく飛び回ると、通り過ぎて、どこかへ行ってしまう。鳥がつるつるの壁に向かって飛んで来ても、止まる場所がみつからず、固い石の傍でしばらく空しく翼を羽搏かせた後、飛び去るのと同じことだ。

たとえばあるとき、家の片側の回廊の一部が突如崩れ落ち、雌鶏とひよこたちが瓦

---

25 不幸をもたらすと信じられていた目、眼差し。

礫の下に生き埋めになってしまった。アンチープの女房アクシニャも同じ目に遭うところだった。アクシニャは糸紡ぎの道具を抱えて回廊の下に腰を下ろしたのだが、幸運にもちょうどそのとき、亜麻糸の束を取りに行っていた。

家じゅう大騒ぎになった。老いも若きも全員が駆けつけて、雌鶏とひよこの代わりに、イリヤ・イリイチ様を連れた奥様ご自身がここでお散歩していらしたかもしれないのだと想像すると、ぞっとするのだった。

誰も彼もがああと嘆息し、こんなことは、とっくに思いつくべきだったんじゃないか——誰かが注意して、別の誰かが修理を命じて、また別の誰かが修理すべきだったのにと、互いに非難し合った。

皆が、回廊が崩れ落ちたことに仰天したが、その前日に、この回廊はよくもこんなに長持ちするものだ！　と呆れていたのだ。

いかにして事態を収拾すべきか、心配や話し合いが始まった。皆、雌鶏とひよこたちは可哀そうなことをしたと不憫に思ったが、やがてイリヤ・イリイチ様を回廊には決してお連れしてはいけないと厳しく戒めた後、のろのろとそれぞれの持ち場に散っていった。

その後、三週間ほどたった頃、アンドリュシカとペトリュシカとワシカが、崩れ落ちた床板や手摺りをいつまでも通り道に置きっ放しにしておかないで、物置の方に片付けるようにと命じられたが、板や手摺りは春までそこに転がっていた。

老オブローモフは、窓からそれらを見るたびに、修理について しきりに心を砕き、大工を呼んで、どうしたものかと相談する——新しい回廊を建てるべきか、さもなければ、崩れ落ちた回廊の残りの部分も取り壊してしまうべきかと……。しかしやがて、「お前はとっとと家に帰れ。わしが考えるから」と言って、大工を家へ帰してしまうのだ。

こうしたことがいつまでも続き、とうとうワシカかモチカが、今朝、崩れ落ちずに残った部分の回廊に攀じ登ってみたら、あちこちが壁からすっかり剝がれてしまっているから、ひょっとするとまた崩れるかもしれないと、旦那様に進言した。

そこで大工が最終的な相談に呼ばれ、その結果、回廊の無事に残った部分を、差し当たりは古い木材で支えることが決まり、その同じ月の末までにそれは完成した。

「ほう！ 回廊がまたすっかり新しくなったな！」老人は妻に言った。「まあちょっと見てごらん。フェドトがどんなに立派に丸太を並べたことか。まるで貴族会長の屋敷の円柱みたいじゃないか！　これですっかり良くなった。また長持ちするぞ！」

誰かが老オブローモフに、いっそついでに門も直して、入口の階段の修理もしたらどうですか——さもないとステップの隙間から、猫どころか豚だって地下の穴倉にもぐり込みかねないのだから、と提案した。

「そうだな、そりゃ是非とも必要だ」老オブローモフは、いかにも気遣わしげに答えると、直ちに入口の階段の点検に向かった。

「たしかに、ほらこんなにぐらぐらだ」と、両足で揺りかごのように階段を揺らしながら言った。

「いやそれは、作ったときからぐらぐらだったんで」と誰かが注意した。

「ぐらぐらだって、それがどうした？」老オブローモフは答えた。「十六年間修理一つせんのに、こうして現に崩れてもいない。あの時ルカは、実に見事な仕事をしてくれたものだ！……あれこそ大工というものだ……死んでしまったがな——天国で安らかに憩わんことを！　最近の連中ときたら、甘やかされおって、こんな仕事は決してできまい」

そして老オブローモフは、別の方に目を向けてしまい、表階段はそれきり今に至るまでぐらぐらしながらも、相変わらず崩れてはいないという話だ。

どうやらたしかに、そのルカは大した大工だったらしい。

とは言うものの、主人たちも公平に評価してやらねばならぬ点はある。災難や不都合に出くわすと、彼らも時には大いに気を揉んだり、かっと熱くなって立腹することさえあるのだ。

どうしてあれもこれも、そのまま打っちゃっておけるものか？　すぐさま何とか手を打たねば！　いかにして溝に渡した小さな橋を修繕したものか、あるいは編み垣の一部がすっかり地面に倒れてしまっているから、家畜が樹木を荒らさぬように、庭園の一角をどうやって柵で囲ったものか——しきりにそんなことを話したりする。

旦那様の気遣いはどこまでも広がり、ついにこんなことにまでなった——あるとき、庭園を散歩中、自らの手で、編み垣をうんうん唸りながら地面から起こし、庭師になるべく早く二本の突っかえ棒を立てるように命じたのだ。編み垣は、老オブローモフのこの見事な管理能力のおかげで夏じゅうしっかり立ちおおせ、再び倒れたのは冬になって雪にやられてからだった。

とうとう、小さな橋に三枚の真新しい板が敷き詰められるという事態にまで立ち至った。それはアンチープが馬や樽ともども橋から落ちて溝に嵌《は》まるという出来事の後、直ちに行われたのだ。アンチープの怪我もまだ治っていないのに、橋はもうすっかり新しくなっていた。

庭園の編み垣が再び倒れても、牝牛や山羊どももあまり得るところは無かった。せいぜいスグリの茂みを食い尽くし、十本目の菩提樹の樹の皮を剝がしにかかった程度で、リンゴの木に到達する頃には、編み垣もきちんと地面に埋め込み、念のため小さな溝も掘るようにという命令さえ出されたからだ。

現場で取り押さえられた二頭の牝牛と山羊は、したたか殴られる羽目になった。

オブローモフはさらに、両親の家の大きな暗い客間の夢を見る。そこには、永遠に変わることなくカヴァーのかかっているトネリコ製の古びた肘掛け椅子がいくつかと、張ってある毛織物の水色が褪せてシミだらけの不細工でゴツゴツした巨大なソファが一つ、それに大きな革張りの肘掛け椅子も一つあった。

長い冬の夜がやって来る。

母親はソファの上で、両足を尻の下に折り曲げた格好で座りこみ、欠伸をしたり、時々編み棒で頭を掻いたりしながらのろのろと子供の靴下を編んでいる。

彼女の傍にはナスタシャ・イワノヴナやペラゲヤ・イグナチエヴナが座り、イリューシャか、その父親、さもなければ自分たち自身の祝日用に、何かを夢中でせっせと縫っている。

父親は両手を後ろに組んだまま、すっかり満足しきった様子で部屋の中を行ったり来たり歩き回ってみたかと思うと、肘掛け椅子に腰を下ろし、しばらく座ってから、また歩きはじめ、自身の足音にじっと耳を澄ましたりする。やがて嗅ぎ煙草を嗅ぐと、洟をかみ、また煙草を嗅ぐ。

部屋の中には一本獣脂蠟燭がぼんやり燈《とも》っているだけだ。それすら冬や秋の晩にのみ許されるもので、夏季には皆、蠟燭なしで陽の光のある内に寝起きをするよう努めていた。

これは幾分かは、習慣でそうしていたのだが、幾分かは節約のためだった。家内で製造されず、買わねばならぬ物については何でも、オブローモフカの住人たちは極端にケチだったのである。

彼らは、来客があると、極上の七面鳥だろうと、一ダースの雛鶏だろうと、喜んで絞めるくせに、余分な干し葡萄は一粒たりとも料理に入れないし、同じ客が勝手に自分のグラスにワインを注ごうものなら、顔面蒼白になるほどだ。

もっとも、そうした勝手な振る舞いがここで見られることは滅多にない。そんなことをしでかすのは、どこかの恥知らず、衆目の一致するところの人間の屑であり、そんな客は屋敷には決して通されないからだ。

そう、この地の生活習慣はふつうとはいささか異なる。客は三回勧められるまでは、ご馳走には決して手を出さない。一度勧められても、それは出された料理やワインを賞味するよりはむしろ遠慮するように求められているのである。そういうことを客はよく心得ている。

どんな客にも二本の蠟燭が燈されるわけではない。何しろ蠟燭は町でお金を払って買った物だから、他のあらゆる買い物と同様、女主人がしっかり鍵をかけて保管している。燃えさしも数を数えて大事に仕舞われていた。

そもそもオブローモフカでは、お金を使うことが好まれなかった。いかに必要不可欠な物であろうと、そのためにお金を払うときは、遺憾極まりないという風情だった。しかも出費が大した額でないときでさえそうなのだ。高額の出費になろうものなら、それはもう、唸ったり泣いたり罵ったりの大騒ぎになる。

オブローモフカの人々は、お金を出すよりは、いかなる不便も耐え忍ぶし、それどころか不便を不便とさえみなさないことに慣れていた。

だからこそ、客間のソファは遥か遠い昔からシミだらけだったし、老オブローモフの革の肘掛け椅子は、革製とは名ばかりで、ゴザの繊維製とも荒縄製ともつかぬ代物なのだ。何しろ革といったら、ほんの切れっ端が一つ、背中の方に残っているだけで、あとはもう五年も前に、ビリビリに裂けて剝がれてしまっていた。門がいつも傾いているのも、表玄関の階段がぐらぐらしているのも、多分、お金を使いたくないせいなのだ。ところが一度に二百か三百、あるいは五百ルーブルも、たとえどうしても必要不可欠な物のためであれ、払わねばならなくなった日には、それはもう彼らにとってはほとんど自殺行為にさえ思われた。

近隣のある若い地主がモスクワに行き、かの地で結婚式のために一ダースのシャツに三百ルーブル、一足のブーツに二十五ルーブル、一着のヴェストに四十ルーブルを支払ったと聞くと、老オブローモフは、十字を切り、恐怖の色を浮かべ、早口で「そんな奴は監獄にぶち込まねばならん」と言った。

そもそもオブローモフカの住人は、資本の迅速かつ活発な流通の必然性だの、生産性の増強だの、産物の交換だのに関する政治経済学的真理には無関心なのだ。彼らが純朴無邪気に唯一の資産運用として理解し実践していたのは——長持ちの中に仕舞いこむことだった。

　客間の肘掛け椅子には、オブローモフ家の人々やこの家をよく訪れるいつもの客たちが、思い思いの格好で座って、ふうふうと鼻息をたてている。

　大体においてこの人たちの間では深い沈黙が支配していた。全員が毎日顔を合わせているのだし、お互いの知的資源は万事知り尽くしており、外部からのニュースは滅多に無かったからだ。

　静かだ。ただ老オブローモフの自家製ブーツの重い足音と、壁に掛けた箱入りの時計の振り子が揺れる低い音、それにペラゲヤ・イグナチエヴナかナスタシャ・イワノヴナが時折手か歯で糸をプチッと切る音が深い沈黙を破るばかりである。

　このようにして、時には半時間が過ぎ去るのだ——誰かがあーあと大欠伸をして、口に十字を切り、「主よ憐れみたまえ！」と唱える以外は……。

　その男に続いて隣の男も、やがてその次の男も欠伸をするのだが、まるで号令でもかけられたみたいに、ゆっくりと口を開け、それから肺の中の空気の戯れが全員にひとわたり伝染して、ある者は涙まで流す。

さもなければ、老オブローモフが窓の方に行くと、外を覗いて少し驚いたように言うのだ。「まだ五時なのに、外はなんて暗いんだ！」

「そうですなあ」と誰かが答える。「この時分はいつだって暗いもんです。長い夜の季節がやって来たんですよ」

春は春で、日が長くなったものだと、皆、驚いたり喜んだりするのだが、こんなに日が長くなってどうするのだと訊かれても、何と答えたらいいのかわからない。

そして再び黙りこむ。

誰かが蠟燭の芯を摘もうとしたら、不意に火が消えてしまう――皆がぶるっと身震いをして、「不意のお客だ！」と必ず誰かが言う。

時にはこれで会話が始まることもある。

「お客様ってどなたかしら？」女主人が言う。「ナスタシャ・ファデーエヴナじゃないかしら？　ああ、そうだといいのだけど！　いえ、違うわ。あの人は祭日より前には来ないもの。ああ、どんなに嬉しいでしょう！　二人して抱き合って、思う存分泣きたいわ！　早朝の御祈禱にも、お昼の聖体礼儀のミサにも一緒に行って……。でも私にはとても、あの人のマネなんかできないわ！　私の方が若いくせに、とてもあんなに長いこと立ち通せやしない！」

「ナスタシャがここを発《た》ったのは、いつだったかな」老オブローモフは訊ねた。「たしか聖イリヤ祭の日[26]の後だったな？」

「とんでもないわ、あなた！　いつだって勘違いなさるんだから！　あの人はセミーク[27]だってまだ迎えないうちに行ってしまったんですよ」妻が訂正した。

「聖ペトロ祭前[28]の斎期《ものいみ》にはたしかにここにいたぞ」老オブローモフは反論する。

「あなたは、いつだってそうなんだから！」妻は詰《なじ》るように言う。「議論なさっても、恥をおかきになるだけよ……」

「聖ペトロ祭前の斎期にいなかったはずはないだろう？　あの頃はまだ、しょっちゅう茸入りのパイを焼いていたじゃないか。あの人の好物だからな……」

「あら、それはマリヤ・オニシモヴナですよ。茸入りのパイは彼女の好物ですよ。どうして憶えていらっしゃらないの？　それにマリヤ・オニシモヴナだって、聖イリヤ祭まではいませんでした。家にお泊りになっていたのは、聖プロコロと聖ニカノル祭日までですよ」オブローモフカの住人たちは、時を数えるのに、祝日だの季節だの家族や家のさまざまな出来事だのを目安にしており、決して月や日にちに言及することはなかった。ひょっとするとこれは、老オブローモフ当人を除いた他の者たちがしょっちゅう月の名前や日にちの順番を取り違えるせいでもあるのかもしれない。

言い負かされた老オブローモフは黙りこみ、再び集まった人々は皆、微睡《まどろみ》に沈む。幼いイリューシャは母の背中にもたれかかり、やはりうとうとしたり、時にはぐっすり眠ってしまうこともある。

「そういえば」やがて客の一人が深々と溜息をついて言う。「マリヤ・オニシモヴナのご主人、あの亡くなったワシリー・フォミチは、実に頑健な人だったのに、死んで

26 旧暦七月二十日、新暦八月二日。

27 復活祭（移動祭日）後七週目の木曜の民間の祭日。この後、教会の祝日が続き、二日後の土曜はすべての死者の記念の祝日。さらに日曜は復活祭後五十日目の五旬祭、聖霊降臨祭の祝日。

28 旧暦六月二十九日、新暦七月十二日。

29 プロコロとニカノルは使徒言行録六章一―六節に出てくる信仰と聖霊に満ちた使徒として選ばれた七人のうちの二人であり、祝日は旧暦七月二十八日、新暦八月十日。従って、老オブローモフ夫人も祭日を勘違いしている。

しまいましたな！　しかも六十歳にもならぬうちに――あんな人なら百歳まで生きるはずなのに！」

「私たち皆、それぞれ定められた時に死ぬんですよ。神様の思し召しでね！」ペラゲヤ・イグナチエヴナが溜息をついて反論する。「死ぬ人がいるかと思えば、ほら、あのフロポフ家じゃ、次から次に洗礼式で、アンナ・アンドレヴナはまたお産だったんですって――もう六人目ですよ」

「アンナ・アンドレヴナだけじゃありませんよ！」女主人は言った。「彼女の弟が結婚して子供たちが生まれたら――またどれだけ手がかかることやら！　そのうち、下の子たちも大きくなって、結婚をさせなくちゃいけないでしょ。それに娘たちも嫁入りさせようったって、ここらに花婿がいるかしら？　何しろ最近は誰もが持参金を望むでしょう？　何から何までお金ですからね……」

「お前たち、何の話をしとるのかね？」老オブローモフがお喋りの輪に近づいて、訊ねる。

「いいえ、私たちが話してたのはね……」

そして老オブローモフに同じ話を繰り返す。

「それが人生てものさ！」教え諭すように老オブローモフが言った。「ある者は死ぬ、別の者は生まれる、また別の者は嫁を貰う。そうしてわしらは絶えず年老いていくのだよ。来年どころか明日の話をしても鬼が笑うというわけだ。どうしてそうなのか？もしも毎日が昨日と同じ、昨日が明日と同じだったら、話は違うんだがな！……ちょっと考えてみただけでも、気がふさぐね……」

「年寄りは老いてゆき、若者は成長する！」眠たげな声で誰かが部屋の片隅で呟いた。

「もっと神様にお祈りして、何も考えないこと！」主婦が厳しい意見を述べた。

「そうそう、その通りだ」小難しい思索に耽って理屈をこねるつもりだった老オブローモフは、小心にも早口でそう言うと、再び前へ後ろへと歩きはじめた。

再び長い沈黙が続く。ただ針で布地の表裏に通される糸のか細い音がするばかりだ。女主人が時折沈黙を破る。

「まあ、外は真っ暗」彼女は言う。「でもこれで無事に降誕祭の時節[30]を迎えられたら、泊りがけのお客様たちがいらして、ずっと賑やかになるから、夜が更けていくのも気づかないぐらい。あのマラニヤ・ペトロヴナが来てくれれば、面白おかしいことばかり！　ありとあらゆる楽しいことを考えつくんですもの！　錫や蠟を溶かして水に垂らしたり、門の外へ駆け出してみたり……[31]。うちの若い女中たちなんて、あの人のせいで皆、気もそぞろになってしまう。いろんなゲームも考えつくし……本当に、なんて人でしょう！」

「そう、社交的な方ですな！」誰かが言った。「一昨年は丘の上からの橇《そり》滑りまで考えついて、ルカ・サヴィチが額に怪我をして……」

不意に全員がはっと身震いをして、ルカ・サヴィチの方を見やり、それからどっと笑った。

「どういうことだったんだね、君、ルカ・サヴィチ？　さあ、話してくれたまえ！」

老オブローモフはそう言うと、笑い転げて、苦しいほどだ。

そして皆も大笑いし続けるものだから、イリューシャまで目を覚まして笑い出す。

「いや、話すことなんぞ、何もありゃしません！」ルカ・サヴィチがきまり悪がって言う。「それは皆、あそこのアレクセイ・ナウムイチが考えついたデタラメですよ。まったく何にもなかったんですから」

「へーえ！」皆が一斉に言った。「何もなかったって、どういうことさ？　わしらは皆、生き証人だぞ！……それに額、ほら額の傷跡が今でも残っているじゃないか……」

そして皆、大笑いした。

「あなた方、何を笑ってるんですか？」ルカ・サヴィチは、皆の笑いが途切れる隙を狙って、何とか口を挟もうとする。「私だって……つまりその……何もかもワシカが、あの悪党めが……オンボロの橇を寄越すもんだから……尻の下でそれが乗っているうちにバラバラに壊れちまって……私はその……」

皆の笑いが彼の声をかき消した。彼は懸命になって自分が転倒した話をしまいまで話し終えようとしたが、無駄だった。大笑いは溢れて全員を飲み込み、玄関の間や女中部屋にまで広がり、屋敷全体を包んだ。誰も彼もがあの滑稽な出来事を思い出し、皆、オリンポスの神々のごとく、長いこと一斉に、いわく言い難い[32]哄笑を続けた。少

30 降誕祭旧十二月二十五日、新暦一月七日から洗礼祭旧暦一月六日、新暦一月十九日の新年をはさむ時期。

31 降誕祭の時期は若い娘たちが占いに熱中する。錫や蠟を溶かして水に垂らし、その形で人生に起こる出来事を占ったり、門の外へ出て、通りかかった人に名前を訊ね、それが未来の花婿の名前だと信じたりした。

し笑いが鎮まりかけると、誰かがまた後を引き取り、大笑いが始まるのだ。

そしてとうとう、どうにかこうにか皆の笑いが収まった。

「ところでどうなんだい、ルカ・サヴィチ、今年の降誕祭週間には橇滑りはするのかね？」老オブローモフはしばらく黙ってから訊ねた。

再び全員の笑いの爆発が十分ばかり続いた。

「斎期《ものいみ》に、アンチープに雪山を作るように命じなくてもいいかね？」不意に老オブローモフが再び言う。「ルカ・サヴィチは橇の大した愛好家だから、やりたくて堪らんのだろう……」

全員がどっと笑ったので、老オブローモフはしまいまで言い終えなかった。

「で、無事なのかね、あの……橇は？」話し手の一人がやっとの思いで笑いを堪えながら言った。

そしてまた大笑い。

長いこと皆、笑い続け、とうとう少しずつ笑いは鎮まってゆく。ある者は涙を拭い、別の者は洟をかみ、また別の者は激しく咳き込んで唾を吐きながら、どうにかこうにか言った。

「ああ、なんてこった！　痰で息が詰まっちまった、まったく……。あのときは、笑わされたなあ、ほんとうに！　ひどいこった。あいつ、バッタリうつ伏せに倒れちまって、長裾上着《カフタン》の裾はバラバラに跳ね上がっちゃってさ……」

　ここで一際長い笑い声が湧き起こったが、それがほんとうに最後で、後は皆、静まりかえる。ある者は溜息をつき、別の者は何かを呟きながら、フワーッと欠伸をし、やがて何もかもが静けさの中に沈んでいくのだ。

　さっきと同じように、聞こえるのはただ、時計の振り子のチクタクいう音、老オブローモフのブーツのコツコツいう音、それに糸が切られるプツンという音ばかりだ。不意に老オブローモフが部屋の真ん中で自分の鼻先を押さえながら、不安気な様子で立ち止まる。

「何たるこった！　こいつぁ大変だぞ！」彼は言った。「誰か死ぬぞ。いつだってわしは鼻先が痒くなるんだから……」

「まああなた、何をおっしゃるの！」妻は両手を打ち鳴らして言った。「鼻先が痒い

32　ホメロスの『イリアス』の中の「至福の神々がいわく言い難い笑いを構築した」による。

からって、人が亡くなるもんですか！　人が亡くなるのは、眉間が痒いときですよ。ほんとうにあなたったら、何てもの覚えが悪くていらっしゃるの！　そんなことを人前や、よそにいらしておっしゃったら、恥ずかしいわ」

「それじゃ鼻先が痒いのは、どんな意味があるんだね？」ばつが悪い思いをした老オブローモフは訊ねた。

「グラスの中を見るってことですよ。それをよくもまあ、人が亡くなるだなんて！」

「いつもわからなくなってしまうんだ！」老オブローモフは言った。「覚えられるもんかね、鼻の脇が痒くなったり鼻先だったり、眉だったり……」

「鼻の脇が痒くなるのは」ペラゲヤ・イワノヴナが先を続けた。「何かの知らせですよ。眉が痒くなれば、それは涙、額なら、それはお辞儀です。おでこの右が痒いなら、それは男の人への挨拶、左なら、女の人に挨拶することになるんです。耳が痒くなったら、それは一雨来るということ、唇なら、キスをすること、口髭がむずむずするなら、それはお土産のお菓子を食べるということ、肘なら、新しい場所で寝ること、足の裏なら、旅立ちを意味しているんですよ……」

「いやぁ、ペラゲヤ・イワノヴナ、大したもんだ！」老オブローモフは言った。「それに、バターが安くなるときは、項でも痒くなるんじゃないかね……」

婦人たちは笑い出して、何か囁き合いはじめた。男たちの中にも、にやりとする者たちがいた。今にもまたもや哄笑が爆発しそうになったのだが、ちょうどその瞬間、互いに飛びかかろうとするときの犬の唸り声のような、猫のシューという鼻息のような音が、同時に部屋の中で鳴り響いた。それは、時計が時を告げはじめたのだ。

「おや！　もう九時だぞ！」老オブローモフが嬉しそうな驚きの声をあげた。「こいつぁ驚いた。いつの間に時がたったのか、まるきり気づかなかったな。おーい、ワシカ！　ワニカ！　モチカ！」

眠たげな顔が三つ覗いた。

「お前たち、なぜ食卓の用意をせんのだ？」老オブローモフは呆れたように、忌々しげに訊ねた。「旦那方のことを何も考えようとせんのだな？　さあ、何を突っ立っているんだ？　早く、ウォトカだ！」

「どうりで鼻先が痒かったわけですよ！」ペラゲヤ・イワノヴナが快活に言った。「ウォトカを召し上がるときは、グラスの中をご覧になるでしょ」

夜食の後、互いにキスを交わし、十字を切り合うと、皆が寝床に就き、思い煩うことのない彼らの頭上に眠りの帳《とばり》が降りてゆく。

オブローモフが夢の中で見るのは、こうした晩の一夜や二夜のことではない。こんな風に過ごした何週間も何か月も、何年もの昼や夜のことを夢見るのだ。

こうした生活の単調さを乱すものは何一つ無く、オブローモフカの住人たち自身もこの生活が厄介だとは思っていなかった。なぜなら、彼らは他の暮らしぶりなど、思いも寄らなかったからだ。仮に思い描くことができたとしても、そんな生活には恐れをなして背を向けただろう。

別の生活など、望みもしなかったし、そんなものは、たとえ与えられたとしても、気に入りはしまい。何かの状況で、彼らの生活習慣に変化がもたらされたとしたら、どんな変化であれ、彼らは残念だと思うだろう。明日が今日のようでなく、明後日が明日のようでなくなったら、彼らはふさぎの虫にとりつかれてしまう。

多様性だの、変化だの、偶然の出来事だの、他の連中なら無理にせがんでも手に入れたがるものは、オブローモフカの住人たちにとっては、何の意味もなかった。他の連中は飲みたいならそういう杯を飲み干したらいい。でも自分たちとは関係のない話だ。他の連中は好きなように生きたらいいというまでのことだ。

何しろ偶然の出来事というものは、たとえそれが何か儲けになることだとしても、不安定だ。あくせくハラハラして走り回り、一《ひと》つ所《ところ》にじっとしているわけにもいかないし、売ったり買ったり、書き物をしたり──要するに、もたもたするな、というわけだ。冗談じゃない！

彼らは何十年もの間、スースーと寝息を立てたり、微睡んだり、欠伸をしたり、さもなければ田舎風の冗談に高らかな善良な笑い声を上げたり、あるいは皆で輪になって、夜中に誰がどんな夢を見たかを話し続けていた。

その夢が恐ろしいものなら、皆、もの思いに沈み、本気で怖がった。もし予言めいた夢なら、悲しい夢か喜ばしい夢かによって、誰も彼もが心から悲しんだり喜んだりした。夢が何らかのジンクスを守るようにと要求したら、いつでも積極的な措置が講じられる。

さもなければトランプ・ゲームの「ドゥラキー」や「コーズィリ」をしたり、祭日には客人たちと「ボストン」をしたり、かと思うと、一人遊びのペイシェンスのカードを並べたり、ハートのキングやクラブのクィーンで結婚を占ったりした。

時には、どこかのナタリヤ・ファデエヴナが、一週間か二週間、泊りがけでやって来る。まず手始めに、主客老婦人が近隣の噂話を次々と、誰それはどんな具合だの、誰それは何をしているだの、隈なく取り上げて話していくのだが、家庭の日常や生活の舞台裏のみならず、一人一人の心に秘めた考えだの目論見まで見抜いて、魂の奥深くに分け入ってゆく。芳しからざる人物たち、わけても浮気な亭主たちのことは、最も痛烈に詰《なじ》り、あげつらう。やがてありとあらゆる行事を――名の日の祝い、洗礼式、出産、誰をどんなご馳走でもてなしたか、誰を呼んで、誰を呼ばなかったかを、一つ一つ数えあげていった。

それに飽きると、新調の品々、ドレスや長いコート、スカートやストッキングまで見せにかかり、女主人は自家製の亜麻布《リンネル》や糸やレースを自慢する。

しかし、やがてそれも種が尽きる。すると、コーヒーや紅茶やジャムで気を紛らせ、その後はもはや沈黙に移行してゆくのだ。

お互いの顔を見つめながら、時折何を思ったか、重苦しい溜息をついたりしながら、長いこと座っているのだが、どうかすると、婦人たちのどちらかが泣き出すこともある。

「まあ、あなた、どうなさったの？」心配してもう一人の婦人が訊ねる。

「ああ、なんて辛いんでしょう！」客人の女性が重い溜息をつきながら答える。「主なる神様を怒らせてしまったのよ。罪深い私たちは。良いことがあるはずがないわ」

「まあ、恐ろしいことを言って脅かさないでちょうだいよ、あなた！」女主人が遮って言った。

「ええ、そうですとも」相手はなおも続ける。「終末の日々がやって来たのよ。民は民に、国は国に敵対して立ち上がり……[33]この世の終末が到来するのよ！」ナタリヤ・ファデエヴナがとうとうそう言い切ると、彼女たちは二人してさめざめと泣きだした。ナタリヤ・ファデエヴナが出した結論には、何の根拠もなかった。誰も誰かに敵対して立ち上がる者などいなかったし、その年は彗星さえも一つも無かったからだ。しかし老婆は、時たま暗い予感が胸をよぎることがあるのだ。

ただし極くたまにこうした時の流れが何か突発的な出来事で乱されることもあった。例えば、老いも若きも家じゅうの者が炭酸ガス中毒になってしまうときなどだ。

33 マタイによる福音書二四章七節など。

その他の病気は一家の内でも村の中でもほとんど聞いたためしがない――誰かが暗闇で先のとがった杭か何かにぶつかったり、干し草置き場から滑り落ちたり、さもなければ、屋根から板が一枚はずれて落ちてきたのが頭にぶつかったりするぐらいのものだ。

しかし、これらはすべて、滅多に起こることではないし、こうした不慮の事故には、家伝の効能実証済の妙薬が用いられることになっていた。打撲した箇所を海綿か薬草で擦《こす》って、聖なるお水を飲ませるか、さもなければ、おまじないの言葉を囁けば――それですっかり治ってしまうのだ。

ところが、炭酸ガス中毒は、わりにしょっちゅう起きた。これにやられると、皆が皆、寝床にぶっ倒れてしまい、家じゅうに唸り声だの呻き声が響き渡る。頭の周りにぐるりとキュウリを貼りつけてタオルで縛る者もいれば、ツルコケモモの実を耳の穴に詰めて、ワサビの匂いを嗅ぐ者も、シャツ一枚で極寒の外に飛び出す者もいれば、ただ意識不明のまま床の上に寝転がっている者もいた。

これは定期的にひと月に一度か二度起きるのだ。なぜなら暖気を徒らに煙突の中に逃すのを嫌って、オペラ『悪魔のロベール』[34]に出てくるような火の粉がまだ舞っている内に煙突の煙道を閉じてしまうからだった。誰一人として暖炉《ペチカ》にも暖炉続きの寝床にも手を触れることができない。ひょっとしたら、火ぶくれができてしまうかもしれないからだ。

たった一度だけ、彼らの単調な日常が全く思いもかけない出来事でかき乱されたことがあった。

腹ごたえのある午餐の後、皆が一休みしてから、お茶を飲みに集まったところへ、町から戻ったオブローモフカ村の百姓が一人、不意に姿を現すと、懐中をあちこち探しに探した挙句、やっとのことで、老オブローモフ宛ての揉みくちゃになった手紙を取り出した。

皆、呆然とした。オブローモフ夫人などは少し顔色が蒼ざめたほどだ。皆一斉に手紙に視線を向け、鼻もそちらに向かって伸びて行った。

「まあ、なんて珍しいんでしょう！　いったいどなたから」はっと我に返ったオブ

34　ジャコモ・マイアベーア（一七九一～一八六四）のオペラ。ペテルブルグでは一八三四年初演。一八四〇年代にかけて大人気を博した。墓地で彷徨《さまよ》える鬼火が墓の上で明滅するシーンが有名。

ローモフ夫人がやっとのことで発言した。

老オブローモフは手紙を手に取ると、それをどうしたものかわからぬままに、当惑しきって持て余している。

「いったいお前は、どこで手に入れたんだ？」老人は百姓に訊ねた。「誰がお前に渡したんだね？」

「町で泊った旅籠《はたご》ですだ」百姓は答えた。「そこへ郵便局から二度も遣いが来ましてなあ、オブローモフカの百姓はおらんか、旦那宛てに手紙が来とるぞと言うもんで」

「それで？」

「そんで、おら、初《しょ》っぱなは隠れたもんで、郵便局の兵隊は手紙を持ったまんま、行っちまった。けんど、ヴェルフリョヴォ村の寺男《てらおとこ》がおらのことをみつけて、言ったもんで、兵隊はもう一遍やって来たんで。もう一遍やって来るなり、人を怒鳴りつけて、手紙を渡して、その上、五コペイカ玉まで取りやがったんで。おらは、こんなもん、いったいどうすべえか、どこさ持って行ったらいいべかって、訊ねたんで、そしたら、旦那様に渡せ、と言われたんで」

「お前、受け取らなきゃよかったのに」奥様は腹を立てて言った。

「おらも、受け取ろうとはしなかっただよ。そんな手紙、おらたちに何の用があるだ――そんなもん、要らねえだよ。手紙なんぞ受け取ったらいけねえって言われてるでな――おら、できねえだ、その手紙さ持って、さっさと行っちめえ！――となし。したら、兵隊の奴、おらを猛烈に罵りやがって、お上に訴えるなんて言うもんだで、受け取っただよ」

「馬鹿だよ！」奥様は言った。

「これはいったい、誰からの手紙だろう？」老オブローモフは宛名をしげしげと見ながら、考えこんで言った。「筆跡は見覚えがあるようだがな、たしかに！」

そして手紙は皆の手から手へ回されはじめた。誰から来たのか、何について書かれているのかと、幾多の憶測が飛び交い出したものの、とどのつまり、皆、にっちもさっちも行かなくなった。

老オブローモフは眼鏡を探すように命じたが、探し出すのに一時間半ほどかかった。さてその眼鏡をかけて、まさに手紙を開封する気になったそのときだった。

「ちょっと待って、あなた。封を切っちゃダメよ」恐ろしそうにそう言って、妻が押し止めた。「どんな手紙だかわかるもんですか。ひょっとしたら、何か恐ろしい、とんだ不幸が降りかかって来るかもしれないわ。何しろこの頃の人たちときたら、ひどいもんですからね！　明日か明後日だって間に合うでしょ。手紙が逃げ出すわけじゃあるまいし」

そこで手紙は眼鏡と一緒に鍵をかけて仕舞い込まれ、皆はお茶の時間となった。ふつうなら手紙はそこに置き去りにされたまま何年もたっただろうが、これはあまりにも尋常ならざる出来事であり、オブローモフカ村の人心を乱さずにはおかなかった。お茶の席でも、翌日も、皆、手紙の話でもちきりだった。

とうとう四日目には堪え切れずに、皆で群がって、こわごわ手紙を開封した。老オブローモフはサインをちらっと見た。

「ラジシチェフか」彼は読んだ。「なぁんだ！　これは、フィリプ・マトヴェイチからの手紙じゃないか！」

「へーえ！　あの人からだったのか！」そこらじゅうから喚声が上がった。「あいつよくまだ生きていたもんだなぁ！　まさか、まだ死んでいなかったとはなぁ！　やれやれ、こいつぁめでたい！　あいつ、何と書いてきたんだ？」

老オブローモフは朗読しはじめた。フィリプ・マトヴェイチは、オブローモフカ村特製のビールの製法《レシピ》を送ってくれと言ってきたのだった。

「それは是非、送ってやんなさい！」皆が口々に言った。「手紙を書いてやらねばの」

そのまま二週間ばかりが過ぎた。

「是非とも書いてやらねばいかん！」老オブローモフは妻に何度も言った。「作り方を書いたものはどこにあるんだ？」

「さあ、どこだったかしら？」妻は言った。「また探し物だわ。でもちょっと待って。何を急ぐことがあるの？ そのうちみつかりますよ。お祝い日まで待ちましょう。斎期が明けてご馳走を食べたら、その後、手紙を書けばいいわ。まだ時間はいくらでもありますよ」

「たしかにそうだな。お祝い日のことも書いてやった方がいい」老オブローモフは言った。

祝日に再び手紙の話になった。老オブローモフはすっかり書くつもりになって、書斎に引き籠り、眼鏡をかけて、机の前に座った。

家内はシーンと静まりかえっていた。召使たちは、足音や騒音を立ててはいけないと命じられていた。「旦那様が書き物をなさっているんだから！」誰も彼もがまるで家内に故人が横たわっているときのようなおずおずと遠慮がちな声で話していた。

ようやく老オブローモフが「拝啓」と、震える手で、あたかも危険な仕事でもするように、ゆっくりまがった字で書いた途端に、彼の前に妻が現れた。

「あちこち探し回ったんですけど、作り方を書いたものがどうしてもみつかりませんのよ」彼女は言った。「あとは寝室の戸棚も探してみなくちゃ。でも手紙はいったいどうやって送りますの？」

「郵便で送らにゃならん」老オブローモフは答えた。

「あちらまで幾らかかるの？」

オブローモフは古いカレンダーを取り出した。

「四十コペイカだ」彼は答えた。

「まあ、四十コペイカをそんなつまらないことに無駄遣いするなんて！」彼女は述べた。「もうちょっと待った方がいいわ。町からあちらにちょうど出かける人がいないかしら。あなた、百姓たちに調べるようにおっしゃいよ」

「たしかにそうだな、あちらに行く人についでに言づけた方がいい」老オブローモフはそう答えると、ペン先をとんとんと机に打ちつけてから、インク壺に突っ込み、眼鏡をはずした。

「いやまったく、その方がいいね」と老オブローモフは結論づけた。「まだたっぷり時間はあるんだ。いつだって送れるさ」

　フィリプ・マトヴェイチが製法《レシピ》を無事に入手したかどうかは、定かではない。

　老オブローモフはどうかすると、本を手にすることもあったが、彼にとっては、それがどんな本だろうと、どうでも良いのだ。読書に切実な必要があるなどとは思ってみたこともない。読書とは贅沢であり、壁に絵が有っても無くてもよいし、散歩をしてもしなくてもいいのと同じように、無しで済ませても一向に構わないものだった。それゆえに、彼にとってはどんな本でも同じことなのだ。彼は本を暇つぶし、退屈しのぎの気晴らしの品とみなしていた。

「もう長いこと本を読んどらんなあ」と彼は言う。さもなければ「ちょっと本でも読んでみようか」などと言ったり、あるいはただ通りすがりに、兄が遺していった本の小さな山に偶然目が留まり、行き当たりばったりにどれか一冊を抜き出したりする。手に取った本がゴリコフ[35]や『最新夢占い』やヘラスコフの『ロシアーダ[36]』であろうと、スマロコフ[37]の悲劇であろうと、果ては一昨年の新聞だろうと、彼はいつも変わらぬ満足を味わいながら読み、時折こんなことを言ったりする。

「まったくな、よくもこんなことを考えついたもんだ！　大した悪党だよ！　ろくでなしめ！」

　こうした叫びは著者たちに向けられたものであるが、著者という称号など、彼の目には、いかなる尊敬にも値しないのだ。彼は古い時代の人々が抱いていた作家に対する半ば軽蔑的な態度さえ身につけていた。当時の大方の人々と同様、文士とは、剽《ひょう》軽者《きんもの》、遊び人、飲んだくれ、おどけ者、踊り子に類するお笑い芸人とみなしていた。時には彼は一昨年の新聞を皆のために朗読してみせたり、新聞の情報を話して聞かせたりした。

「ハーグからの報道だが、」と彼は言う。「国王陛下が短期間のご旅行から無事にお城に戻られたそうだ」そう言ってから、眼鏡越しに聞き手全員の顔を見た。

　さもなければ、

「ウィーンでどこそこの公使が信任状を捧呈したそうだ」

「あ、ここにこんなことも書いてある」彼はさらに朗読する。「マダム・ジャンリス[38]

の作品がロシア語に翻訳されたそうだ」

「そういうものを翻訳するのはだな、おそらく」聞き手の一人の小地主が言う。「わしら貴族から金を巻き上げる魂胆に違いない」

ところで可哀そうなイリューシャは、相変わらずシトリッツの家へ勉強に通っていた。月曜の朝に目覚めるや否や、彼はふさぎの虫にとりつかれる。ワシカが表階段の上から叫ぶ甲高い声が聞こえてくるからだ。

「アンチープ！　斑馬《ぶち》を馬車に繋ぎな。坊ちゃんをドイツ人のところへお連れするんだ！」

イリューシャは心臓がドキンとした。悲しくなって母親のところへ行く。母親はどうしてイリューシャが悲しいのか、ちゃんとわかっていて、なんとか悲しみを紛らし

35　一七三五〜一八〇一、歴史家。ピョートル大帝の功績を描いた著書などがある。
36　一七七九。古典派作家ヘラスコフ（一七三三〜一八〇七）による叙事詩。
37　一七一七〜一七七七。寓話詩、抒情歌、悲劇、喜劇などの作者。
38　一七四六〜一八三〇、フランスの女性作家。教訓小説や騎士小説を多く残した。

てやろうとするのだが、自分も、これから丸々一週間も坊やと別れると思うと、密かに溜息をつく。

その朝は、イリューシャにどんなご馳走を食べさせたものか、皆が思案に暮れている。ロールパンや8の字形のパンを焼いて、ピクルスだのクッキーだのジャムだのさまざまな種類のパスチラ[39]だの、ありとあらゆる干菓子だの生菓子だの、いざという時に備えた食料品まで持たせてやるのだ。こうして何から何まで持たせるのは、ドイツ人のところではこってりした料理は食べさせてもらえないだろうと、見込んでのことだった。

「あっちじゃ、たらふく食べて太ることなど、できやしまい」オブローモフカ村の住人たちは言った「午餐といったら、スープに焼肉、それにジャガイモだ。お茶にはパンにバターだけ。夜食ときたら、『何も無いよ、また明日《モルゲンフリー》』てなもんだ」

ところがオブローモフがよく夢に見るのは、斑馬を馬車に繋げというワシカの声が聞こえず、母親がにっこり微笑んで、嬉しいニュースと共に彼をお茶の席に迎えてくれる月曜日のことだった。

「今日はお前、出かけなくていいのよ。木曜日に大きなお祭がありますからね。三日ばかりのために行ったり来たりすることはありませんよ」

あるいは、時には急にこんなことを言われることもあった。「今日は『ご先祖供養の日』ですからね。お勉強どころじゃありませんよ。今日はブリヌィ[40]を焼かなくちゃ」

さもなければ、何ということもなしに母親は、月曜日の朝にイリューシャの顔をじっとみつめると、こんなことを言うのだ。

「お前、なんだか今日は、目がどんよりしているよ。元気なの？」と、首を横に振る。

ずる賢い少年は、ぴんぴんしているくせに、黙っている。

「今週はおうちでじっとしてらっしゃい」母親は言う。「あっちへ行ったら、どんなことになることやら」

そして家じゅうの者が、勉学と「先祖供養の日」は、どんなことがあっても両立するはずがないし、木曜日の祭日は、一週間全体の勉学にとって、越え難い障害である

39　メレンゲと果物を煮詰めたものを混ぜて焼いた菓子。
40　パンケーキ。

と、腹の底から信じて疑わないのだ。

ただ時たま、坊ちゃんのせいでお小言をくらう羽目になった召使や女中が、ぶつぶつ文句を言うことがあるだけだ。

「なんだ、あんなに甘やかされて！　とっととドイツ人のところへ行っちまえばいいのに！」

どうかすると、ドイツ人の家に突如、アンチープが馴染みの斑馬で、週の半ばか初めに、イリヤ坊ちゃまのお迎えに現れることもある。

「マリヤ・サヴィシナ様」か、「ナタリヤ・ファデエヴナ様がお遊びに見えた」とか、さもなければ、「クゾフコフご夫妻がお子様たちを連れていらしたんで、どうぞ家へお帰りください！」と言うのだ。

そこでイリューシャは、三週間ばかり、家でのんびり暮らす。その内に、やれもうすぐ受難週間だの、やれ復活祭の祝日だのと言い出して、その上、家族の誰かがなぜか復活祭後の聖トマスの週は、勉強はしないものだと決めつける。

そうなったら夏まで二週間ばかりしか残っていやしない――わざわざ行くこともなかろう。どうせ夏は当のドイツ人だって休むのだから、いっそ秋まで延期した方がよかろう……となるのだ。

　あれよあれよという間に、イリューシャは半年間思う存分遊び暮らし、何と大きくなったことだろう！　何とぽっちゃり太ったことだろう！　何と快い眠りを貪《むさぼ》ったことか！　家では、皆が惚れ惚れとそれに見とれ、それにしても土曜日毎にドイツ人の元から子供が帰って来るときはまるきり逆で、痩せて顔色も悪いと話し合った。

「このままじゃ、そのうちきっと何か悪いことが起きるぞ！」父親と母親は言った。

「勉強なんて、いつだってできるじゃないですか。健康はお金で買えやしません。人生でいちばん大事なのは健康ですからね。ねえ、あの子は学校から戻って来るときはいつだって、病院帰りのようじゃないの。脂肪がすっかり落ちてしまって、ひ弱になって……それなのに、悪戯っ子になって、しょっちゅう駆け回ってばかり！……」

「そうだ」と父親が言う。「勉強は遊び相手とはわけが違う。誰でも無理やりねじ伏せてしまうからな」

　こうして優しい両親は、息子を家に引き留めておく口実を次々とみつけ出し続けるのだ。口実は祝日以外にも、いくらでもあった。冬は寒すぎるように思われたし、夏は炎暑のせいで出かけるには相応《ふさわ》しくない。時には雨が降り出すこともあるし、秋には道がぬかるんで行く手を阻む。どうかすると、アンチープが何か疑わしく思われる。酔っ払っているというわけでもないのだが、どうも目つきに険がある。困ったことにならなければよいのだが、溝に嵌まったり、どこかで転落するかもしれない。
とは言え、オブローモフ夫妻は、これらの口実が自分たちの目にも、わけてもシトリツの目に、なるべくもっともらしく見えるように努めていた。シトリツは面と向かっても陰でも、こうした甘やかしに対しては、容赦なく雷《ドナヴェター》を落とすからだ。プロスタコフやスコチニン[41]の時代はとっくに過ぎた。「勉学は光、無学は闇」という諺は、古本屋が売り歩く本と共に、すでに大小の村々に広がりつつあった。

　老人夫婦も、啓蒙の利点は理解していたのだが、それはただ表面的な利点のみであった。皆が出世するのは、つまりは官位や叙勲や金を手に入れるのは、勉学という方法によるしかないことはわかっていた。古手の書記や、昔ながらの習慣、繁文縟《はんぶんじょく》礼《れい》[42]が時代遅れになってしまい、役所に停滞している役人たちにとっては、困った事態になってきたのは、わかっていた。

　読み書きの知識のみならず、それまでの生活習慣では聞いたこともなかったさまざまな学問を知ることが不可欠だという不吉な噂が飛び交うようになっていた。九等官と八等官の間には、深淵がぽっかりと口を開けており、そこを渡る橋の役を果たすのは、大学の卒業証書とかいうものだった。

昔ながらの習わしと賄賂にまみれた旧式の役人は、姿を消しつつある。未だ死んでいない者の大半は当てにならないという理由で追い出され、他の者たちは裁判にかけられた。最も幸運だったのは、新しい秩序にはさっさと見切りをつけて、足下の明るい内に自分で築いたねぐらに引き上げた連中だった。

オブローモフ夫妻は、こうしたことは察しており、教育の利点も理解していたが、それは目に見える明らかな利点だけだった。学問の内的要求というものに関しては、まだ薄ぼんやりした微かな理解しか持ち合わせておらず、それゆえに、自分たちのイリューシャのためにさし当たり、何か輝かしい有利さ《アドヴァンテージ》を手に入れてやりたいと思っていたのだ。

両親は息子のために、刺繡をした制服を夢見たり、官庁で顧問官になっている様子

41 フォンヴィージン（一七四五〜一七九二）の喜劇『未成年』（一七八二）の登場人物。無知蒙昧な人物の典型。

42 規則などが細々しており、形式を重んじ手続きなどが面倒なこと。

を空想したり、母親などは県知事になった姿さえ思い描いた。けれども両親は、これら全てを、どうにかしてなるべく安直に手に入れたいと思っていた。ありとあらゆるずるい手を使って、教育と名誉の道のりに撒き散らされた石だの障害だのをわざわざ苦労して跳び越えたりせずに、こっそりと脇へよけて通りたい。つまり、例えば勉強するにしても、軽くあっさりと、心身を疲労困憊させるほどではなく、幼年時代に身につけた恵まれたふくよかさを失うほどではなく、ただ指示された形式を守り、「イリューシャは教養科目の全課程を修了しました」と書かれた卒業証書をどうにかして手に入れたいと望んでいた。

こうしたオブローモフ的教育システムは、何から何までシトリッツの側からの強い反対に出会った。闘いは両者ともに粘り強く譲らなかった。シトリッツは正々堂々と真っ向から根気強く攻撃したが、オブローモフ夫妻も、上記の如き、またはその他の手練手管を用いて、反撃から身をかわした。

勝負の決着はどうにもつかなかった。ひょっとすると、ドイツ人の根気強さがオブローモフ夫妻の頑迷固陋を打ち破ったかもしれない。ところが、ドイツ人は味方の側で障害に出会ったため、勝利はどちらのものとも決することはなかった。事の次第は、シトリッツの息子がオブローモフに教課の内容をこっそり教えてやったり、彼の代わりに翻訳をしてやったりして、オブローモフを甘やかしてしまったのだ。

イリヤ・イリイチには、自宅の生活習慣もシトリッツの家の暮らしぶりも、はっきりと目に浮かぶ。

自分の家で目が覚めるや否や、すでにザハール、後にオブローモフの従僕となる、かの有名なザハール・トロフィモヴィチが、ベッドの横に立っている。

ザハールは、かつての乳母《ばあや》と同様、イリューシャの靴下を引っ張り上げてやり、靴を履かせる。イリューシャときたら、もう十四歳にもなるのに、寝っころがったまま、ザハールに片足ずつ足を突き出すことしか知らないのだ。ちょっとでも気に食わないことがあると、ザハールの鼻を足で蹴上げたりする。

不満に思ったザハールが、愚痴でもこぼそうものなら、大人たちからもう一発拳固をくらうことになる。

それからザハールは、イリヤ・イリイチ様の髪を梳《す》いてやり、坊ちゃんをなるべく煩わせないように、上着の生地を引っ張りながら、そっと袖に手を通させて着せると、毎朝起きたら顔を洗ったり、あれこれしなくちゃいけないんですよ、と注意を促す。

イリヤ・イリイチが、何か欲しいと思ったら、ちょっと瞬きさえすれば、それでよかった。すぐさま三、四人の召使が彼の欲するところを遂行するためにすっ飛んで来る。何かものでも落としたり、何かを手に取る必要があるのに取れないときも、自分で取る必要はなかった。時には彼だって、腕白ざかりの少年なのだから、飛び出して行って、何もかも自分の好きなようにやり直したくて堪らなくなるのだが、すると忽ち、父親と母親、それに三人のおばさんまでが五つの声を揃えて大声で叫ぶのだ。

「まあどうしたの？ どこへ行くの？ ワシカ、ワニカ、ザハールカは何のためにいるの？ ちょっと！ ワシカ！ ワニカ！ ザハールカ！ お前たち、何をぽかんと見ているんだい？ ただじゃおかないよ……」

そんなわけでイリヤ・イリイチは、どうしても、何一つ自分で自分のことができないのだ。

やがてこの方がはるかに楽だと発見してからは、自分もこんなふうに怒鳴りつけることを覚えた。「おい、ワシカ！ ワニカ！ あれを持って来い、これを持って来い！ そんなのは嫌だ、これが欲しい！ ひとっ走りして取って来い！」

時には両親の優しい心遣いがうるさく思われることもあった。

彼が階段から駆け降りるか、庭を走り回ろうものなら、忽ち彼を追い駆けて、十人の必死の叫び声が鳴り響く。「あーあ！　あの子を摑まえて、止めておくれ！　落っこちて、怪我するよ……止めておくれ！　止めて！」

冬の日に、玄関ホールに駆け出すか、さもなければ通風小窓を開けてみようなどと思いついたら、また大騒ぎだ。「まあ、どこへ行くの？　よくもそんなことが？　走っちゃいけませんよ、行っちゃだめ、開けないで。怪我をしますよ、風邪を引きますよ……」

そしてイリューシャは、温室の中で愛しまれる異国の《エキゾチックな》花のように、しょんぼりと家の中に留まり、ガラス張りの中で最後の名残の一輪のように、のろのろと生気なく育っていった。エネルギーは、捌け口を求めて内面に向かい、やがて力なく萎《しお》れてしまった。

時にはイリューシャも、元気いっぱい、爽快な明るい気分で目覚めることもある。そんなとき、彼はこんな気がする。自身の中で何かが沸き立ち、滾り、まるで小悪魔でも棲みついたみたいだ。そいつは、屋根の上に登ってみろだの、鹿毛の馬に乗って、草刈りをしている草原に駆け出せだの、塀の上に跨って座ってみろだの、村の犬ども村をからかってやれだの、しきりに唆す。さもなければ、不意に駆け出したくなり、村を駆け抜け、やがて野原に出て、あちこちの抉られた小さな窪みのある地面を辿って、白樺林に入ると、三段跳びで例の窪地の底へ飛び下りてみたくなる。そうかと思えば、村の少年たちの仲間に入れてもらい、力試しに雪合戦を一緒にしたくなったりもするのだ。

小悪魔はしきりにイリューシャを唆す。イリューシャは我慢に我慢を重ねるが、とうとう堪え切れなくなり、いきなり冬のさなか、帽子も被らずに、表階段から庭へ飛び下りると、そこから門の外へ出て、両手にそれぞれ一つずつ、雪の塊を引っ摑むなり、少年たちの群れの方に夢中で駆け出す。

きーんと冷たい風で顔が刺すように痛い。寒くて耳が千切れそうだ。口にも喉にも冷気が吹きつける。胸は喜びでいっぱいだ。そして一目散に駆けだした。きゃあきゃあ叫んだり笑い声を上げたりしながら。

ほら、少年たちだ。イリューシャは雪の塊をポンと投げつけた――ハズレだ。コツがわからない。もう一回、雪を摑もうとした途端、大きな塊を投げつけられて、顔じゅう雪だらけになり、彼は転んだ。不慣れなことで痛かったが、愉快でもあり、彼はアハハと笑い、目には涙が浮かんでいる……。

家では大騒ぎだ。イリューシャがいないぞ！ 叫び声にドタバタ駆け回る音。庭に飛び出したのはザハール、それに続いてワシカ、ミチカ、ワニカ——全員が、泡を食って庭を走っていく。

彼らを追い駆けて、二匹の犬が、踵に噛みつかんばかりに、すっ飛んでいく。周知のごとく、犬とは、走っている人間を見たら、無関心ではいられないものだ。

人間どもは、叫んだり喚いたりしながら、犬どもはワンワン吠えながら、村じゅうを疾走している。

連中はとうとう、村の少年たちに出くわし、お裁きが始まった。髪を引っ張られる者、耳を引っ張られる者、項に拳固を食らう者もいて、父親たちまでが脅された。

やがて坊ちゃんも摑まり、持参の羊毛皮裏外套にくるまれ、その上から父親の毛皮コートを着せられ、さらに毛布二枚に包まれて、連中の腕に抱かれておごそかに帰館の途についた。

家では、イリューシャは死んでしまい、もう二度と会えぬものと絶望に打ちひしがれていた。それが生きて元気な姿で会えたのだから、両親の喜びは筆舌に尽くしがたい。主なる神様に感謝の祈りを捧げてから、イリューシャにはミント・ティーと、エルダーベリー・ティーを飲ませ、夜にはラズベリー・ティーまで飲ませ、三日ほどベッドに寝かせておいた。けれどもイリューシャのためになることがあるとしたら、それはただ一つ——もう一度、雪合戦をすることだった……。

オブローモフ　抄訳

ここに訳者による長編『オブローモフ』全体の抄訳を載せる。この小説は、十九世紀前半のビルドゥングスロマン（独・Bildungsroman・自己形成小説）が盛んであった時代には珍しく、活発なプロットの展開も、主人公の変化・成長もほとんどない。プロットは極めてシンプルであり、全四部から構成されている。第一部は十一章、第二部は十二章、第三部は十二章、第四部は十一章から成る。原文には各部にも各章にもタイトルは無いが、第一部第九章のみ「オブローモフの夢」というタイトルが付いている。

第一部　春　オブローモフの眠りと目覚め

　ペテルブルグのほぼ中心地のゴローホヴァヤ街、大きなアパートの住まいである朝、イリヤ・イリイチ・オブローモフが寝ている。彼の年齢は三十二、三歳。その顔から全身に広がっているのは、無頓着、呑気《のんき》そのものといった気配である。また、柔和さこそが、この人物の顔のみならず、魂全体を支配する基本的な表情であった。

　オブローモフの特性を表すもう一つのものは、ペルシャの生地で作られた、ヨーロッパの片鱗は何一つない、本物の東方風ガウンであり、オブローモフはこのゆったりした柔らかいガウンをこよなく愛し、家の中ではいつもこれを着ていた。

　オブローモフは、いつまでたっても起き上がる気配がない。

オブローモフが寝ているのは、病人や眠い人にとってそれが必要であるのとも、疲れた人がたまたま寝ているのとも、怠け者にとってそれが快楽であるのとも異なっていた。寝ているのは、彼の常態だったのである。

オブローモフの住まいは、たった一人、彼の傍で仕えている召使のザハールが、他に類を見ないほど不器用でだらしない男であるため、どこもかしこも埃だらけで乱雑を極め、部屋全体がぞんざいに打ち捨てられた荒廃の気配に満ちている。

そんな部屋で珍しく朝早く八時頃に目を覚ましたオブローモフは、恐怖とも憂鬱とも悔しさともつかぬ表情を浮かべていた。田舎の領地の村長が、厄介な手紙を寄越したのだ。さらに、ペテルブルグのアパートの管理人が、至急立ち退いてくれと言ってきた。けれどもオブローモフは、起き上がるでもなく、顔を洗うでもなく、これらの問題の解決には一歩も踏み出せぬまま、空しく時間が過ぎてゆく。

この日は、五月一日、郊外のエカテリンゴフで春の始まりを祝う行楽祭に出かけようと、次々と友人、知人が誘いに来る。一人目のヴォルコフは、はち切れんばかりの健康そのものの若者で、オペラやバレエやディナーの席など社交界をめまぐるしく飛び回っている。

ヴォルコフは「じゃ、これで失敬。僕はまだこれから十か所も回らなけりゃならないんだ――ああ、この世はなんて楽しいんだろう！」と言ってあたふたと帰っていく。オブローモフはこう考える。『一日に十か所も！　なんて不幸者だ！　あれでも生きているって言えるのかな！　人間ってものをどこかに置き忘れたみたいじゃないか！　あいつは何のために自分を粉々に砕いて撒き散らしているんだろう』オブローモフはさらに、『自分はあんな虚しい願望や思想は持っていないし、転々と流浪の生活を続けることもない』と思い、人間としての自身の尊厳と安息を保ちつつ、こうして横になっていられることを嬉しく思いながら、くるりと仰向けになった。

次に登場するスジビンスキーは、頭の天辺から爪先まで官僚そのものという男であった。オブローモフは彼を見送りながら、こう思う。『可哀そうに、あいつ、どっぷり嵌まりこんじまってるな。世の中の他のことには目もくれず、耳も貸さず、発言もしない。それでも世間に出て、その内、てきぱき事務をこなし、官位を手に入れるわけだ……。僕らのところじゃ、こんなのでも立身出世と言われるんだからな！　これは、人間なんてもんじゃない。つまり、知性や意志や感情なんぞ、何のために必要なんだ？　贅沢品じゃないか！――というわけさ。せっかく一生涯生きても、そいつの中でぴくりとも動かない部分が、どれだけ沢山あることか！』

次に登場するのは、三文文士のペンキンである。彼の文章のテーマは、商業、女性解放から最近発明された消火器に至るまで様々であるが、彼がオブローモフに是非とも読むようにと勧めるのは、『淪落《りんらく》の女に寄せる収賄に手を染めた男の恋』という作品である。オブローモフはそんなものを読むのは御免だとはねつける。「泥棒だろうと淪落の女性だろうと高慢な愚か者だろうと、誰を描くにしても人間を忘れちゃいけない。いったい人間性はどこにあるんですか？　あなた方は頭だけで書きたがっている！　思考には心は不要だと思っているんですか？　人間を、人間を見せてください！」

さらにもう一人の客が現れる。それは、これといった特徴もなく、周りの連中からはその名前すら忘れられてしまうほど、全く存在感のない男であり、語り手は、「仮にアレクセーエフとしておく」と言う。この男もオブローモフを春の行楽祭に出かけようと誘いに来たのだが、オブローモフは一歩も動かないどころか、寝台から起き上がろうともしない。オブローモフに言わせれば「なぜ僕がこんなに長いこと起き上がらないんだと思う？　僕はこうして横になって、どうしたら苦境から抜け出せるか、ずっとそれを考えているんだよ」となる。

相変わらず田舎の領地の村長が寄越した領地経営が捗々《はかばか》しくないという手紙について何の対策を講じるわけでもないのだが、ただ心は晴れない。

次なる来客は、見るからに粗暴な男、タランチエフである。この男は役所勤めはしているものの、誰彼構わず口汚く罵り、同僚や友人をゆすりたかることばかりしており、中でも人の好いオブローモフはいつもいい鴨にされている。よりによってこのタランチエフにオブローモフは自分が抱えている二つの難問の相談を持ち掛け、タランチエフは、アパートの追い立ての件については早くも何やら悪知恵を働かせた模様だ。

「明日、俺の知り合いのおかみさんのところへ引っ越せよ。ヴィボルグ地区だ」オブローモフは慌てて答える。「何を藪から棒に言い出すんだ？　ヴィボルグ地区だなんて！　あそこは冬には狼が出るって言うじゃないか。僕はここにもう八年も住んでいるんだから引越しなんてごめんだよ」

タランチエフは、田舎の村長が寄越した日照り、不作、農民の逃散ゆえにオブローモフへの送金を減らさざるを得ないという手紙も、デタラメだと決めつける。

オブローモフは領地へ行って、自分の目で様子を確かめればいいのだが、どうしても重い腰を上げる気にはなれない。もう十二年間も領地へ帰っていないのだ。オブローモフは「ああ、シトリッツさえいてくれたら、何もかも解決するのに」と呟く。シトリッツとは、彼の幼馴染みである。シトリッツの父親はオブローモフが生まれ育った領地村オブローモフカの隣村の管理人で、ドイツ人であった。質実剛健なこの父親に育てられたシトリッツは、オブローモフとは何から何まで正反対の性格だった。

ところでオブローモフは貴族の家柄であり、両親が亡くなった後は、三百五十人の農奴と共に「ほとんどアジア」と言えるほど遠く離れたある県の領地を相続したので、その領地から、何もせずとも毎年七千から一万ルーブルの収入を受け取っていた。

それでもペテルブルグに来てから二年ほどは役所勤めをしていたのだが、彼の目には、人生は二つに分かれて見えた。一つは労働と倦怠——これは彼にとって同義語だ——から成り、もう一つは平穏と和やかな気楽さから成っている。

役所勤めは、当然、倦怠の種であり、極くつまらない書類の書き損じをきっかけにオブローモフはあっさり退職してしまう。

社交界での交際ももちろん、苦手であり、女性と恋愛に至ることもなかった。

モスクワの大学で苦労して身に付けた学問も、現在の彼の生活で役に立っていることは何一つ無い。

その代わり、詩人たちは心の琴線に触れ、彼は、他の誰もと同じように、若者になることができた。誰をも裏切ることなく、誰にも微笑みかける幸福な生命の瞬間が彼にも訪れたのである。

シトリッツは彼の親友にとってこうした瞬間がなるべく長く続くように、できる限りの手助けをしたが、オブローモフの生命の花は開花したものの、実りはしなかった。

オブローモフは、家庭の幸福と領地の世話こそが、運命として天から自身に与えられたものだと思い定めるに至ったのだが、どちらについても、あれこれ空想に耽るばかりで、何一つ具体的な行動を起こせぬままに無為の時が過ぎてゆく。熱い思いに心を燃やし、不意に彼の内部で思想が燃え上がり、海の中の波のうねりのように、その思想が頭の中のあちこちに広がり、やがていくつかの意図にまで成長し、彼の全身の血を滾らせる。今にも意向が現実の形をとり、偉業となって実を結びそうになるのだが……ところが実際は、朝はあっという間に過ぎ去り、やがて日は傾き、それと共にオブローモフの疲れ切った力も安息へと傾いてゆく。オブローモフは静かに、もの思いに沈みつつ、仰向けになり、そして悲し気な眼差しを窓の外の空に向け、どこかの四階建ての建物の彼方に堂々と沈みゆく太陽を哀愁とともに見送るのである。そして、幾たび、ご実に幾たび、彼はこのようにして日没を見送ったことだろう！

オブローモフは、徹底的な怠惰と無気力に陥っている自身について、どのように考えているのだろうか。オブローモフと家内農奴のザハールとの関係は、それまで数百年続いた地主貴族と農奴の関係とは些《いささ》か異なっている。ザハールはオブローモフという旦那に対する昔ふうの忠誠心はあるものの、心から心酔しきっているわけでもない。オブローモフも、長年一緒に暮らしたザハールに親近感は抱いているものの、昔の地主が召使に抱いたような、血を分けた肉親を思うほどの気持ちはない。

あるとき、いつまでも引越しの決心がつかないオブローモフに対してザハールが「他の人たちだって、わしらと似たような者なのに、ちゃんと引越ししているんだから、わしらだってできるんじゃねえですか」と言ったことをきっかけに、オブローモフは、いかに自分が「他の人たち」とは違うかを滔々と述べはじめる。

「『他の人たち』とは、疲れを知らずに働いて、あちこち駆け回り、始終あくせくしている連中だろう。僕は柔な育ちで、飢えや寒さで苦労したこともなければ、貧乏暮らしにも無縁だ。パンのために稼いだこともないし、そもそも骨の折れる荒仕事なんぞした例《ためし》がない。生まれてから一度だって靴下を自分で履いたことさえないんだよ、おかげ様でな！」ところが、暫くするとオブローモフは、「他の人たち」なら何でもなくできてしまうことが、自分には何一つできないことを痛いほど自覚し、憂鬱になった。

『自分の中には何かしら明るい良い本質が墓に埋められたように埋もれている。それはもう死んでしまったのかもしれない』と彼は思った。言わば何者かが、世界と人生が彼に賜物として与えた宝を盗んで、彼自身の魂の中に埋めてしまったようなものだ。人生の活動舞台へ乗り出して、意志と知性の帆をいっぱいに張ってまっしぐらに突進してゆくことを何かが妨げたのだ。

やがてオブローモフは睡魔に襲われ、「それにしても、どうして僕がこんな人間なのか、その理由が知りたいものだなあ……」と呟きながら、眠りに落ちる。そこで彼が見る夢が、全編に先立って書かれた「オブローモフの夢」である。ここでは彼が幼年時代を過ごした故郷のオブローモフカ村の日常が描かれる。

そのままオブローモフは惰眠を貪りつづけ、ザハールが何とか起こしたときはすでに夕方の四時半であった。そしてそこへちょうど現れたのが、オブローモフの親友、シトリッツであった。

第二部　夏　オブローモフの恋

アンドレイ・シトリッツは父親がドイツ人であった。父親はドイツで科学技術を学んだ農業技師であり、オブローモフカ村の隣の領地の管理人を務め、私塾も開いていたので、シトリッツとオブローモフはそこで共に学んだ幼馴染みだった。しかし、質実剛健な父親に育てられたシトリッツの資質はオブローモフとは正反対で、快活・活発な行動派、ロシア各地のみならずヨーロッパにも足を延ばす遣り手の実業家であり、社交界にも出入りしている。

シトリッツは、肉体的には純血種のイギリス馬のように一切無駄なところがなかったのと同様、精神の働きも一刻も休むことなく規則正しくコントロールし続けていた。

どうやら彼は、悲しみも喜びも、手や足を動かすのと同じように操っているようであり、さもなければ、悪天候や好天に対するように対処していたようだ。

夢想だの、謎めいたもの、神秘的なものなどは、彼の魂の中に在《あ》り処《か》がなかったし、抑え難い情熱に心身を任せて未知の領域に突進することもなければ、何かに熱中しているときでさえ、浮足立つようなことはなく、常に足下に確固たる大地を感じていた。あくまでも理性と現実の世界に生き、しかも為すべきことは即座に実行する人物であった。

このような人物がどうしてオブローモフと親しくなり得たのだろうか？　オブローモフとは、その特性の一つ一つ、一挙手一投足が、その存在全体が、シトリッツの生に対する桁外れの異議申し立てとも言うべきものなのだから。しかし必ずしも両極に位置する者同士が反発するとは限らないし、何よりも、オブローモフの気質の根本には、純粋で明るく善良な本質があり、この子供のような明るい魂を覗き見た者なら、誰もが彼と互いに気持ちを通わせずにはいられなくなるからだった。

シトリッツは、オブローモフがペテルブルグでの官吏の仕事も社交界からも早々と引退して、停滞の泥沼に嵌まっているのを救い出したくて堪らない。外国旅行にも誘い出そうとするのだが、オブローモフは言う。

「誰がアメリカやエジプトなんかまで行くもんか！　イギリス人なら行くかもしれんがね、連中は、神様があんな風に創ってしまったからね。それに、自分の国じゃ住む場所もないだろ。だけど、我が国で出かけて行く者なんていやしないよ！　よほど自棄《やけ》をおこして、人生なんてどうでもいいと思っている奴でもなけりゃね」

領地村の改革に関しても、シトリッツが「船着き場を作ったり、近くに街道を通す計画もある。村に学校を作らないか？」など、次々と積極的な提案をしても、オブローモフはそれらに対して悉《ことごと》く消極的な反応しかしない。シトリッツは言う。「君はこね粉を丸めた塊みたいになっているね。……この眠りから抜け出さなくちゃダメだ。君をこのままにしておきはしないよ」

オブローモフが反駁《はんばく》するのは、外国旅行ばかりではない。あくせくした生活に対して、彼は猛然と反論を唱える。

「いつだって互いに先を競って奔走したり、ろくでもない情熱、わけても貪欲さのゲームにとり憑かれ、互いに出し抜いたり、デマや中傷を飛ばしたり、侮辱したり、こんなので人間と言えるだろうか？　いったい何ていう生活なんだ！　皆、互いに苦しい心配事や憂鬱に感染し合って、友人の成功に蒼ざめたりする。たった一つの願望といえば、他人を突き倒して、その転落の上に自分が幸福になる建物を築くことじゃないか」

シトリッツはオブローモフの人生論を聞いて、「君は哲学者だね」と言った後、「ところで僕らの慎ましい勤労の小道はどこにあるのかい？」と訊ねる。

オブローモフが田舎の領地で築きたいと思い描いている生活は、次のようなものである。彼は新しい落ち着いた家を建て直し、その周辺には善良な友人たちばかりがいる環境で、妻と共にそこにじっと腰を落ち着けて、昔ながらの「旦那《バーリン》」として穏やかな日常を営むのだ。

「朝、起きると素晴らしい天気だ。真っ青な空には雲一つない。妻が目覚めるまで僕はガウンを羽織って庭園を散歩しながら朝霧を吸う。妻のために花束を作ってから、一風呂浴びるか川で水浴びでもして、家へ帰ると、妻が僕を待っている。『お茶の用意ができました』と言うんだ。それから妻と一緒に果てしなく続く暗い並木道の奥深くに入って行き、静かに黙ったまま歩いて行くか、さもなければ考えていることを声に出してみたり、夢想に耽りながら脈拍を数えるように幸せの瞬間を一つ一つ数えていく。心臓がトクトクと鼓動したりふと止まりそうになったりするのに耳を傾けながら、自然の中に共感を探し求める……すると、いつの間にか小川や野原に出ているんだ……」

シトリッツが「いやあ君は詩人だねえ、イリヤ！」と言うと、オブローモフは答える。

「そうさ、人生の詩人だよ。何しろ人生は詩だからね」

さらにオブローモフは続ける。「野原に湿気が降りてくる――辺りは暗くなり、海をひっくり返して上空から吊るしたような霧にライ麦畑が覆われる。馬はぶるっと肩を震わせ、蹄を打ち鳴らす。もう帰宅の時間だ。そこへ音楽が……『カスタ・ディーヴァ』[1]が聞こえてくるんだ」

これを聞いたシトリッツは喜ぶ。「君はそのアリアが好きなのかい？　僕は嬉しいよ。そいつを素晴らしく歌えるのがオリガ・イリインスカヤさ。君に紹介するよ――そりゃあ素敵な声で歌うんだ！　それに彼女自身が実に魅力的な娘《こ》なんだよ」

オブローモフは益々得意になって「これこそ、人生ってものだろ？」と言うのだが、シトリッツは「そんなのは、人生じゃない！　それは……何て言うか、オブローモフ流

1　ヴィンチェンツォ・ベッリーニ作オペラ『ノルマ』中のアリア。

の生き方（オブローモフシチナ）だよ」と言い、オブローモフも若い頃は人生に対する態度がもっと積極的なものだったと思い出させる。

「『力の限り勤労するんだ。なぜならロシアにとって、その無尽蔵の資源を採掘するためには、手も頭も必要だからね（これは君の言葉だよ）。より心地よく休息を取るために働くんだ。休息を取るとは、つまり、人生の別の、芸術的な優雅な側面を、芸術家や詩人の人生を生きることなんだ』憶えているかい、君は、本を読み上げたら、自分の祖国をより良く知り、より深く愛するために、外国もあちこち隈なく行ってみたがっていたんだよ」

オブローモフは、たしかに昔はそんなことを考えていたことは認めたが、一生涯めまぐるしく働き続けるシトリッツに「いつになったら生きるつもり？」と訊ねる。シトリッツも、あくまで持論を曲げず、「今始めなけりゃ、二度とできないよ（Now or never!）」と宣告を下す。

オブローモフは、悲し気に言う。「僕は自分でもそのことでは苦しんでいるんだよ。何もかも知っているし、わかっているのだけれど、力も意志も無いんだ。僕の人生では今まで一度たりとも、いかなる炎も、救いの炎も破壊の炎も、燃え上がったことがないんだよ。いや、むしろ僕の人生は火が消えることから始まったんだ。変な話だけれど、ほんとうにそうなんだよ！　自分を自覚した瞬間から、僕はもう消えかけているなと感じたもの！　僕は着古してよれよれになったカフタン[2]さ。でも、こんなになったのは気候のせいじゃないよ。勤労のせいでもない。十二年間僕の中に光が閉じ込められていたせいなんだ。その光は出口を探し続けていたけれど、自分の牢獄の中を照らすだけで、自由に外に抜け出すことはできずに消えてしまったんだ」

シトリッツはあらためてオブローモフの救出を心に誓い、立ち去った。

さすがのオブローモフも、シトリッツの言葉は身にこたえた。「オブローモフシチナ！　たった一言なのに、なんて毒があるんだろう！」

自分はこれから何をすべきか？　前進すべきか、それとも留まるべきか？　ハムレットの疑問よりも深く、オブローモフは思い悩む。

『前進すること——それはゆったりしたガウンを一気に肩からのみならず心からも頭からも脱ぎ捨てることだ』。具体的には、『一週間で領地村に指示書を出し、半年間

2　裾の長い上着。

外国旅行をして、自分で靴下を履き……それから……オブローモフカ村に住んで、種蒔きや脱穀とは何かを知り……これが前進するということなのだ……しかも一生こんな調子で行くわけか！　さらば、人生の詩的な理想よ！　これじゃ、なんだか鍛冶屋みたいで、人生じゃないな。来る日も来る日も、炎に熱気にカンカンいう騒音……いったいいつになったらまともに生きられるんだ？　留まった方がいいかな？』

二週間後には、シトリッツは早くもイギリスへ出かけてしまった。ただしオブローモフにはパリに来ることを約束させていた。オブローモフの手元には、パスポートも用意できていたし、旅行用のコートまで注文し、帽子も買いこんで、万事は前進していたのである。

オブローモフの知人たちは、ある者は半信半疑で、ある者は笑いながら、また別の者は仰天して、こう言ったものだ。「どうだい、出かけるってさ。オブローモフが腰を上げたぞ！」

ところがオブローモフは出かけなかった。一月たっても、三月たっても。いよいよ出発という前夜、夜中に唇がぷっくりと腫れてしまったのだ。「いやだなあ、もう。こんな唇じゃ、とても海を渡れないよ！」と、出発を先延ばしにしたまま、いつしか八月になっていた。

しかしオブローモフは、元の生活に逆戻りしたわけではなかった。家財道具は、タランチエフが紹介したヴィボルグ地区の寡婦の家に運び出され、今は別荘暮らしをしているのだ。毎朝、七時に起き、その顔には眠気も疲れも退屈の色もない。むしろ赤みを帯びて、目は輝き、勇敢さのごときもの、さもなければ少なくとも自信のごときものさえ窺える。ガウンなど、影も形もない。

彼は、オリガという若い女性と二人で、大きな樅の木の森を散歩したりしているのだ。

オブローモフをオリガ・イリインスカヤとその伯母に紹介したのは、シトリッツだった。シトリッツがオブローモフを連れてオリガの別荘を訪ねると、彼女はたいそう喜んだ。

オリガはシトリッツを親友と呼び、常に彼女を笑わせて退屈させないがゆえに愛していたのだが、恐れてもいた。彼に較べると自分があまりにも幼稚だと感じていたからだ。

シトリッツもまた、彼女のことを芳しく新鮮な頭脳と感覚を持った素晴らしい創造物だと思いながら見とれていたが、そこには何の下心もなかった。彼の目から見ると、オリガはただ、大いなる期待を抱かせる魅惑的な子供にすぎなかった。オリガほど眼差しや言葉や振る舞いが、シンプルで自然な自由さを持っている乙女は滅多に見られない。何の気どりも、コケティッシュなところも、欺瞞も、虚飾も、何かを企むようなところもなかった。

こうした若い女性に、オブローモフは出会い、しかも彼女が好奇心いっぱいの眼差しで彼を見つめるので、その晩はどうしても眠れなかった。

オリガは厳密に言えば美人ではなかったが、その容姿は優美で均斉が取れていた。顔立ちの至るところに——きりりと結ばれた薄い唇にも、眼光鋭く常に生き生きとした眼差しにも、目を殊更に美しく見せている、滅多に左右対称にはならず一方が吊り上がっている眉にも——彼女が積極的に物事を思考し、何かを語ろうとする意志力が読み取れた。

オブローモフはオリガと朝から晩まで共に過ごし、一緒に本を読んだり、彼女に花を贈ったり、湖や小高い山を散歩したりしている。あの、オブローモフが、である。この世に起こらないことなど何もないのだ！

初めて会った頃、オリガがシトリツの求めに応じてアリアやロマンスを歌ったことがある。オブローモフはその歌詞、曲、清らかな力強い乙女の声ゆえに、心臓は高鳴り、神経は震え、目はきらきら輝き、涙に潤んだ。

オブローモフはカッと熱くなったり、へとへとに疲れたり、やっとのことで涙を堪えたりしたが、さらに難しいのは、嬉しさのあまり心の中からいつ飛び出してもおかしくない叫び声を押し殺すことだった。もう長いこと彼はこれほどの活気、これほどの精力を感じたことがなかった。それは心の底から立ち上がり、今にも何か偉大な功績を打ち立てそうだった。

もしこの瞬間、あとは馬車に乗って出発するばかり、であったなら、外国にだって旅立っていただろう。

最後に彼女は「カスタ・ディーヴァ」を歌った。オブローモフは、あらん限りの歓喜、稲妻のように頭の中を駆け抜ける想念、身体じゅうを針のように射貫く震え――これらすべてに打ちのめされ、疲労困憊してしまった。

一晩中一睡もできず、憂鬱なもの思いに耽りながら部屋の中を行ったり来たりし、夜明けとともに家を出ると、ネワ河畔や街のあちこちを歩き回った。

その後もオブローモフはオリガの元に足繁く通い、二人きりで心の内を包み隠さず語るようになった。あるとき、オブローモフがオリガに歌を所望すると、「それこそ私が待ち望んでいたお世辞よ！」とオリガが答えたことから、オブローモフは「あなたは自尊心の強い方ですね」と言う。オリガは答える。

「ええ、もちろん。だって自尊心はどこにだって、いくらでもあるものよ。シトリツさんが言うには、これは意志をコントロールするほとんど唯一の原動力ですって。あなたには、その自尊心が無いの。だからいつも……」

オブローモフは、オリガがアンドレイのことを好きなのかどうか、確かめずにはいられない。「ええ、もちろん。あの方が他の誰よりも私のことを愛してくださっているのですもの」と彼女は答えるのだが、同時に、「いろんなお話を妹と、いえ、娘とするようにしてくださるの」とも言うのである。

そして彼女は歌いはじめる。彼女が歌い終わった後、二人は傍から見れば、何も変わった様子はなかったが、内なる炎が次々と燃え上がり、二人して同じような痙攣に身を震わせていた。同じ一つの気分によって呼び覚まされた涙が目に溢れていた。

そしてオブローモフは、ついに「僕が感じているのは……恋なんだ！」と言うに至る。二人は見つめ合うのだが、オリガをひたと見つめていた眼差しは、ほとんど狂おしいほどのもので、それはオブローモフではなく、情熱であった。

オブローモフにとって、理想の女性像とは、安らぎと平穏を具象化した存在だった。彼は理想の女性の中に、慄《おのの》きや熱い夢想、突発的な涙、悶えや脱力感、その後に来る急激な歓喜への移行などは、決して見たくなかった。彼女は不意に蒼ざめたり、気絶したり、衝撃的に感情を激発させたりしてはいけないのだ。

誇り高く恥じらいを持ち、穏やかな女性の傍なら、男はのんびりと眠れる。なんの心配もなく眠りに落ち、目が覚めると、柔和なチャーミングな眼差しに出会うのだ。いつも変わらぬ安らかな顔つきと永遠に続く感情の均一な流れ――僕の理想は、万人の理想ではないだろうか？　と彼は思う。

オブローモフは、情熱に対して本能的な恐怖を抱いている。河川を整備し、きちんとした流れの道筋をつけてやれば、その土地全体の福利になるように、情熱に正しい捌け口をつけてやること、それは、人類全体の課題であり、進歩の頂点だ。何しろこの課題を解決すれば、もはや裏切りも、熱が冷めることもなく、永遠に心臓が穏やかかつ幸福で均一な鼓動を続け、つまりは永遠に満ち足りた人生、永遠の生命の核心、精神的健康が到来するのだから。

情熱なんてものは、過ぎ去れば残るのは煙と悪臭であり、幸福なんて、微塵もないのだ！　オブローモフは、情熱とは人生行路の中で一刻も早く抜け出さねばならない危険な場所であり、窒息させて結婚生活の中に沈めてしまわねばならないと結論づける。

オブローモフが思わず自分の恋心を告白して以来、オリガとオブローモフの気持ちはぎこちないものになっていた。オリガとしては、シトリツが旅行の前に、オブローモフを怠惰から立ち直らせるようにと、彼女に託していったことを自身の使命だと感じていた。そしてある日、二人は公園で偶然再会する。オブローモフは、明日にでもシトリツが待つパリに出発すると言う。

「僕はなんだか苦しいし、気づまりだし、心がひりひりするんです」

オリガは黙ったままライラックの小枝を手折《たお》り、その匂いを嗅ぐために顔と鼻を花に埋めた。「匂いを嗅いでごらんなさい。なんて良い匂いなんでしょう」と彼女は花を彼の鼻に押し当てた。

オブローモフは、「あ、スズランですよ！　こっちの方が良い匂いです。野原や林の匂いがする。より自然の気配が強いんですね。ライラックはどれも、家の傍に生えていて、枝がしきりに窓の内側に伸びてくるし、匂いも甘ったるい」

「モクセイはお好き?」

「いいえ、匂いがきついですから。モクセイもバラも好きではありません」

その後オブローモフは、先日思わずつぶやいてしまった言葉は、本当のことではないから忘れてくれとオリガに頼み、オリガも「もう忘れました」と言ってくれるのだが、オブローモフは再び心がむずむずしてきた。

「僕はあなたを見ていると、また泣きたい気がします……ねえ、だって僕には自尊心がありませんからね。心を恥じたりしないんですよ……」

オブローモフが自身の気持ちを抑えきれないことを、オリガは「私は怒っていないし、赦《ゆる》してあげます」と言って、そのまま家の中に立ち去る。

オブローモフは、今いた並木道を戻りながら、オリガが取り落としたスズランと彼女が手折り悔しそうに投げ捨てたライラックの小枝を拾い上げてから、家へ帰った。

家では最近女中のアニシャと所帯を持ったザハールが待っている。ザハールは何をやらせても不器用で、盆の上にカップをいくつか載せて運ぶこともまともにできず、いつも取り落として割ってしまう。ところがアニシャはそれを難なく易々とやってのけ、部屋の掃除もてきぱきと手早く終えて、オブローモフの住まいでは以前の荒廃しきった有様はかなり改善された。そしてザハールは、突然はっきりと悟った――アニシャは俺より賢い！

世の中にはザハールと同じような男性は沢山いるものだ。時には外交官が妻の助言を無関心に聞き流し、何を言っているんだとばかりに、肩をすくめてみせた挙句――秘かに彼女の助言に従って書類を書いたりもするのだ。

一方オブローモフは、今朝オリガと交わした会話の意味について、あれこれ考えを巡らせていた。あの人は僕を愛していたのだと誇らしく思うと、人生がぱっと輝きだして、早くも自分が彼女と一緒にスイスやローマにいる様子や、やがて「この世の楽園――オブローモフカ」にいる様子までが思い浮かぶ。

ところが不意に顔を曇らせ、いや、そんなことはあり得ない！　僕みたいな滑稽な男を、眠たげな眼差しでたるんだ頰をした男を愛するなんて！　と激しく否定したかと思うと、また気が変わる。オリガが自分を愛してくれているのかどうか、オブローモフの心は千々に乱れ、あの人が愛している相手はシトリツなんだと思ったりもする。

その日のディナーに、オブローモフはオリガの伯母に招かれた。オリガの家に向かう途中でオブローモフは迎えに出ていたオリガと出会うのだが、オリガはたちまちにしてオブローモフの恋心を見抜いてしまう。

オリガには両親が無く、慎み深い伯母はオリガに忠告を与えるのも控えめであり、オリガも伯母にアドヴァイスを求めるにしても、絶大な権威を持つ人に絶対服従すべき命令を仰ぐというのではなく、自分より経験を積んだ女性にちょっとした助言を求めるという風だった。

この日はオブローモフが伯母の相手を行儀よく二時間も務めていたが、オリガの態度はそっけなく、先日とは別人のようだった。

オブローモフはオリガに何が起こったのか、皆目見当もつかぬまま、失意のうちに帰宅し、そのまま数日はほとんど起き上がることもなく、いっそヴィボルグ地区へ引っ越そうかなどと思いながら、元のような生活に戻ってしまう。

いったいオリガに何が起こったのか——どうしてそうなったのかはわからぬものの、オリガは精神的な急成長を遂げたのであり、こうした精神力の急速な開花は女性にのみ起こり得ることだった。彼女は自覚の領域に踏み込んだのである。

やがてオブローモフは再びオリガと並木道で出会うことになるのだが、彼女はすっかり成長してしまい、今やほとんど彼よりも高いところに位置し、もはや子供らしい信じやすさは戻ってこないし、二人の前にはルビコン河があり、失われた幸せは向こう岸にあるのだから、これを乗り越えねばならない、ということを、オブローモフはおぼろげながら理解していた。

オリガは、オブローモフ自身よりも明快に彼の心の内で何が起きているのかわかっていた。彼女はその若さにもかかわらず、この恋愛において第一の主要な役割を担っているのは自分であり、オブローモフに期待できるのは、深い感動だの、怠惰に情熱のいいなりになることだの、彼女の脈拍の一つ一つと永遠に調和することだのといったことだけであり、いかなる意志を作動させることも、積極的な考えを働かせることもできないことまでわかっていた。

つまり、彼女が完全に主導権を握り、多少はオブローモフを玩《もてあそ》ぶふうでもあった。

浮かぬ顔のオブローモフにオリガは、働くように、と言う。

「働くことよ。なるべく頻繁に人と会うこと」

「働くですって！　働くことができるのは、何か目的があるときですよ。僕にどんな目的があると思う？　そんなものはありはしない」

「目的——それは生きることよ」

「何のために生きているのかわからないと、一日一日を何となく生きることになる。ああ、一日がやっと終わった、一夜がやっと過ぎたと喜んでも、夢の中でも、何のために今日を生きたのか、明日を生きるのだろうという退屈な疑問に思い悩むのです」

「何のために生きたのか、ですって！　誰かの存在が不要だなんてことがあり得るでしょうか？」

「例えば僕の存在がそうかもしれませんよ」

「あなた、今まで、あなたの人生の目的がどこにあるのか、ご存じなかったの？　私、そんなこと信じません」

「僕はもはや、人生の目的があるべき場所を通過してしまい、この先にはもう何も無いんですよ。何のために、誰のために僕はこれから生きてゆくのか？　人生の花は散ってしまったのです」

オリガはライラックの小枝を手折り、彼に差し出した。これはどういう意味があるのか、というオブローモフの質問にオリガは、「これは、人生の花、そして……私の悔しさよ」と答える。

オブローモフの薄ぼんやりした眠たげな顔が、忽ち変貌した。オブローモフには瞬時にして人生の目的が出現したのだ。

「人生が再び僕の前に開けたんだ。人生はあなたの目の中に、微笑みの中に、この小枝に、『カスタ・ディーヴァ』の中に……すべてはここに……」

「いいえ、すべてじゃないわ……半分よ」

「もう半分はどこに？　この他にまだ何かあるだろうか？」

「探してごらんなさい」

「何のために？」

「最初の半分を無くさないためよ。もう、ヴィボルグにお引越しなんてなさらないわね？」

オリガは、落ち着いて伯母との平穏な生活を続けていたが、人生を生き、生命を感じるのは常にオブローモフと一緒のときであった。シトリツもいない今、彼女には相談相手がいなかったが、芝居を観ても、本を読んでも、森を散歩しても、目に触れるもの、耳に入るものすべてが彼女の気持ちに何か特別な趣きで反応してくれるのだ。

オリガは二十歳だが、たった今、自分の人生は始まったばかりなのだと理解し、以前にシトリッに言われたことを思い出した。

「あなたの身体の中であらゆる力が躍動しはじめると、あなたの周辺の生命も躍動するんですよ」

オリガは、「これはたしかに、もろもろの力が躍動して、身体が目覚めたのに違いないわ」と、シトリッの言葉を使いながら呟いた。彼女は未だかつてないような震え、慄きに敏感に耳を澄まし、目覚めつつある新たな力の発露の一つ一つに神経をとがらせながら、おずおずと見入るのだった。

「これは神経のせいだわ」彼女は、かろうじて恐怖を抑え、まだ強靭になっていない神経と目覚めたばかりの諸々の力との闘いに耐えながら、時には泣き笑いを浮かべながら言った。

オブローモフは、朝、目覚めるや否や、真っ先に思い浮かぶのは両手でライラックの小枝を持ったオリガの姿であり、一日中彼女のことばかり思っている。オリガが最初に彼に歌を聴かせて以来、オブローモフの呑気な気分はどこかへ消えてしまった。

『ああ、恋の温もりだけを味わって、不安や胸騒ぎは体験しないで済むといいのだけどなあ！』などとオブローモフは夢想するが、いや、そうもいくまい、人生に苦労はつきもので、恋愛とは人生の最も困難な教場なのだからと思う。

オブローモフはオリガの期待に沿うべく、本を読み、手紙を何通か書いて田舎の領地経営も進め、オリガと共にあちこち出かけるようになった。ただし、これらの活動は、何と言っても消極的なものであり、人生をこの先どのように進めていくべきかについては、まだ目論見の段階に留まっていた。

オリガは好奇心、勉学心が旺盛で、天文学や美術について専門的な質問を次々とするので、オブローモフはそれらに答えるために本を読んだりエルミタージュに出かけたりもした。

オブローモフはオリガに自身の心境を語る。「僕は喋るのもつらいぐらいなんですよ。ほら、この辺りに何かがつっかえているんです。まるで重い石でものっかっているみたいに。深い悲しみの内にあるとき、よくそうなるでしょう？　そういえば、不思議ですね。悲しいときも幸せなときも身体は同じプロセスを辿るんだな。息をするのもつらくて痛いぐらいで、泣きたいですよ！　もし僕が泣いたら、悲しいときと同じように、涙のおかげで楽になるだろうな……。僕はどうしたんだろう？」

ここで彼とオリガの恋と愛についての話が始まる。

「あなたはね……恋をしていらっしゃるのよ」

「じゃあ、あなたは？」

「恋はしていません……。そういうのは嫌なの。私はあなたを愛しているのよ！　私が恋をしているかどうかは、わからないけれど、もし恋をしていないなら、まだその時が来ていないのね。一つだけわかることは、私はあなたを愛するようには、父も母も乳母《ばあや》も愛していなかったわ。どうしてあなたは私が恋しているかどうか知りたいの？」

「それを頼りに一刻一刻を生きるためですよ――今度あなたに会うときまで、僕はそれだけを頼りに生きるんだ」

「私の愛し方は違うわ。あなたがいなければ、寂しいわよ。でも私はあるとき、あなたが私を愛していらっしゃることがすっかりわかったから、信じているの――たとえもう二度と私を愛していると言ってくださらなくても、私は幸せよ。私はこれ以上の愛し方はできないわ」

『この言葉は、まるでコーディリア[3]みたいだ！』オブローモフは思った。

オリガはオブローモフが今体験しているという生き生きした喜び、情熱については、未経験であり、わからないと言うのだが、今は二人で黙っているだけでも楽しいのだと言う。

オブローモフもそれですっかり満足し、二人は間違いなく幸福の只中にいた。

その翌朝、オブローモフは寝不足のせいか、些か不機嫌な気分でオリガの言葉を思い出した。「人生は義務よ。義務というのはつらいものよ」彼は溜息をつくと、『もうオリガと会うのは、やめよう……』とふと思う。どうした風の吹き回しでこんな思いが浮かんだのか？　高揚していた気分に不意に翳が差し、飲み込んでしまった一滴の苦汁のせいで、たちまちその毒が全身に回ったのだ。自分は今までの人生を無為に過ごしてきたというかつもながらの遅れ馳せの悔恨の念が胸に湧きあがり、こんな自分をオリガが愛せるはずがないという確信に変わった。『あれは間違いだったのだ！そうに違いない！』

彼女が昨日、「好きよ、好きよ、好きよ」と言ってくれた言葉も、『あれは愛ではなくて、単なる愛の予感なんだ！』と彼は思う。

そもそも二人を引き合わせたのはシトリッツであり、オリガはシトリッツから聞いたオブローモフの情けない状態に同情し、自尊心ゆえの気遣いから、怠惰な魂から眠りを振り落としてやろうとしただけで、後はその魂を置き去りにしたのだ。

オブローモフは考えた。『彼女の心は敏感に愛を受け入れる用意ができていて、そこへ偶々《たまたま》僕が間違えて出くわしてしまった。他の男が出現したら、オリガはたちまち勘違いから目覚めるはずだ！』

『そうだ、彼女に手紙を書いた方がいいな』とオブローモフは熱に浮かされたように夢中で手紙を書きはじめる。

「僕たちはあまりにも突然、あまりにも急にまるで二人とも病気になったみたいに互いに愛し合うようになったので、そのせいで僕はもっと早く我に返ることができませんでした。昨日は初めて僕は、自分が滑り落ちそうになっている奈落の底を覗き見ることができたのです。それで僕は立ち止まる決心がつきました。あなたは僕のことなんて、愛していないし、愛せるはずがないのです。

僕たちの恋愛が『カスタ・ディーヴァ』やライラックの香りの中にあったうちは、

3　シェークスピア作『リア王』の純真な三女の名前。

それは想像の戯れや自尊心の囁きなのだと思い、僕は愛の存在をあまり信じていませんでした。しかし、戯れの時期は過ぎ去り、僕は恋愛病にかかり、情熱の症状を感じるようになりました。あなたは神経質になって動揺するようになりました。そうなった今初めて、僕はぎょっとして立ち止まらなければならないのだと感じたのです。僕を見て、僕という存在をよく考えてごらんなさい。僕のことなんか、あなたは愛せるでしょうか、あなたは僕を愛しているのでしょうか？ あなたが愛しているのは僕のことではありません。あなたの言う『好きよ』は、現在の愛ではなく、未来の愛なのです。あなたは勘違いしたのです。あなたの目の前にいるのは、あなたが待っていた、あなたが夢見ていた人ではありません。ちょっと待ってごらんなさい。そういう男性が現れますから。僕たちはもう会わないことにしましょう。僕がこのお別れの言葉を言うのは、遠い旅に善き親友を送り出すような気持ちなのです。三週間か一月もしたら手遅れになります。恋愛は途方もない勢いで進むものです。心の壊疽《えそ》ですからね。僕に相応しいのは平安ですよ。たとえそれが退屈で眠たげなものでも、平安ならよく知っている。でも嵐は手に負えませんからね。深い憂悶の中で僕にとって少しだけ慰めになるのは、僕たちの人生に生じたこのほんの短いエピソードが、僕には清らかで香《かぐわ》しい思い出として永遠に残り、この思い出一つだけでも、以前のような魂の眠りに沈みこんだりしないで済むだろうということです」

手紙を書き上げると、オブローモフはむしろ爽快な気分になり、この手紙を読んだらオリガがどんな顔をするだろう、などと思い、胸をときめかす。

しかし、並木道でオリガは、オブローモフが手紙を読みながら泣いているのを見て、オブローモフは動揺する。オリガは、オブローモフはオリガが落ち着いて幸せにしているのを羨み、さらにオリガが泣くかどうか盗み見るために、こんな手紙を寄越したのだと彼を詰る。さらにオブローモフは臆病で奈落の底に落ちること――つまりオリガが将来、別の男性を愛するようになるかもしれないことを恐れているのだと言う。

オリガは「私は幸福だけを求めていて、その幸福をみつけたと信じています。今の幸福が将来の恐れに勝っているのよ。それなのにあなたは、先行きの暗いことばかり見ていて、そんなのは愛じゃないわ。それは……」と言いかけるとオブローモフが「エゴイズムです！」と答える。

オブローモフは自分のしでかしたことに深い悔恨の念を抱くとともにオリガの急速な成長ぶりに驚嘆する。

欠伸までした。

「オリガ、あなたは僕より聡明ですね」

「いいえ、あなたより単純で大胆なんです」

オブローモフは将来を恐れる気分も消え去り、心も安らかになり、安心しきって大欠伸までした。

「あんな手紙は全く不要でしたね」とオブローモフが言うと、オリガは「是非とも必要でした。あの手紙には、あなたの思想と感情が煌めいていますし、あなたの優しさ、用心深さ、私を思う気遣い、私の幸福を思うがゆえの恐怖、あなたの清らかな良心……シトリッツさんがあなたについて教えてくれた何もかもが、私があなたの怠惰を忘れてあなたを好きになった原因の何もかもが、鏡に映したようにはっきり見えるからです」と答える。

その後、感激のあまりオブローモフが求めたキスには、オリガは「決して！」と拒絶し、軽やかに駆け去ってゆく。

オブローモフはまたしてもシトリッツから「今やらなきゃ二度とできないよ」という叱咤激励の手紙を受け取る。「イタリアやスイスに早く来い、さもなければせめて持ち村の管理をしろ」と言われ、オブローモフはオブローモフカ村でのオリガとの生活を心楽しく想像することはできるのだが、管理の具体的な方策を考えると、一歩も前へ進めなくなる。

今は夏もたけなわで、七月が過ぎ去ろうとしていたが、オブローモフとオリガは毎日を共に過ごしていた。

オリガの人生、恋愛、あらゆることに対する見解は、益々明快かつ確固としたものになった。彼女はどこか粘り強いところがあり、それによって運命のあらゆる災厄のみならず、オブローモフは、オブローモフの怠惰や無気力も押さえこんでいるのである。オブローモフは、オリガがどんなことだろうと、いかにして何をなすべきかを心得ており、それができてしまう、その力量、腕前が、いったいどこから来るのか、さっぱりわからなかった。『あれはきっと、彼女の片方の眉が決して真っ直ぐにならないで、いつだって少しだけ上に吊り上がっているせいだな』などと思う。

しかしオリガは、ただ強いだけではなかった。女性特有の臆病なところもあり、散歩のときにあまり家から遠く離れるのは怖がったし、怪しげに思われる百姓を見かけると、脇へ避けたり、夜は、泥棒除けに戸締りをした。

それに、すぐに共感や同情の念を抱き、涙もろい。愛情にかけては実に優しく、柔らかく人の心を温める気遣いがある。

二人の愛が深まるにつれて、オリガに新たな病の症状が現れるようになった。時々わけもなく不安に駆られ、オブローモフとの散歩中も、不意に気だるげに眼差しをどこかの一点にひたと向けたまま、体中の力が抜けたように、機械的に足を運ぶだけになり、ひどく胸苦しくなってしまう。オブローモフはおろおろするばかりだが、その内、オリガは不意にふーっと息を吐くと、元通りに元気を取り戻した。

ある晩、オリガは特にひどく不安な状態――恋の夢遊病とも言うべき状態に陥った。蒸し暑い晩で、オリガは息苦しくなりオブローモフと共に庭園を歩くことにする。木々や茂みが重なり合い、陰鬱な塊となり、ほんの少し先のものも、何一つ見えなかった。ただ白っぽい筋となって、砂地の道がくねくねと蛇のような姿を見せているばかりだ。

「私、怖いわ！」とオリガは不意にぶるっと身震いをすると、言った。「あなたのことも怖いの！　でも何だか怖いことが気持ちがいいの！」暗がりの中で何かが動いているのが見えるのだとも言い、二人はベンチに腰を下ろす。そしてオリガはオブローモフの頬に熱い吐息を吹きかける。

やがてオリガは泣き出すが、オブローモフは困惑するばかりで、指一本動かさず、息さえひそめていた。オリガの頭はオブローモフの肩の上にあり、彼女の吐息が彼の頬を熱気で覆っていた……。彼の体も震えていたが、オブローモフは彼女の頬に唇を当てる勇気はどうしてもなかった。

オリガのこれほどの症状は一時的な発作のようであったが、やはり気持ちは不安定であった。

オブローモフはオリガの神経発作には、何一つ対応できなかったのだが、その良心には一点の曇りもなかった。彼は、男のせいで失われた女性の尊厳、名誉を思い、苦しくなり、自身とは無縁の淪落の女性のために涙を流したことも一度ならずあった。彼のこういうところを察してやるべきであり、オリガはそれを察したのである。男性たちはこうした変わり者を嗤《わら》うが、女性たちはこういう人物にすぐ気づくものだ。そして、純真な処女は共感ゆえに彼らを愛し、堕落した女性は堕落を清めるために、彼らと近づきになることを求めるのだ。

夏も去りかけており、朝晩は暗く、湿気を帯びてきた。二人の恋愛は続いていたが、そのニュアンスは互いに少し異なっていた。オリガは時々もやもやした気分になる。

彼女はこの満たされぬ思い、幸福への不満はどこから来るのだろう、と探し求めた。他にまだ何が必要だというの？　オブローモフを愛することは宿命じゃないの？　この愛は、彼の温和さ、善を純粋に信じる心、そして何よりも端的に優しさに――彼女が他の男性の目の中に未だかつて一度も見たことのない優しさによって、彼女の期待に応えていた。

オブローモフは恋愛に学ぶところはなく、自身の甘い微睡《まどろみ》の中にあり、時にはこの先、永遠に何の陰りもない安穏な生活が続くことを信じたり、善良で親しく、何の気遣いもする必要がない人々が暮らしているオブローモフカ村の生活を再び夢見るようになっていた。

ところがそれは思いがけず雲に覆われてしまった。オブローモフとオリガが二人で散歩しているときに、偶然、オリガの友人たちに出会った。彼らは、「この人、誰なの？」と訊いてから、実に奇妙な眼差しでオブローモフを見つめ、やがてそれはオリガにも向けられた。この疑わし気な眼差しのせいで、オブローモフは一気に心が冷え、あまりに辛く苦しいので、彼は耐え切れずに帰宅した。

それからしばらく彼は二人の恋愛は何から何まで間違っていたのではないかと苦し

んだ。しかし、自分の気持ちに偽りはなく、善意に満ちていたと思うと、不意に心の雲が晴れて、彼の目の前には、まるで祭日のように明るいオブローモフカ村が思い浮かんだ。『太陽の光にキラキラと輝き緑の丘に囲まれて、銀色の小川の流れるオブローモフカ村をオリガと二人で歩いて行くのだ……』

オブローモフの気持ちは高揚したかと思うと、また落ち込み、疲れ果てて、子供のように泣いた。そして今の混乱から抜け出すには、オリガと正式に婚約しなければならない、そうすれば誰も馬鹿にして嗤ったりはできないはずだと思った。

オブローモフは自分の決心をオリガに伝える。まず、自分はオリガを深く愛しているがゆえに、もしオリガが別の人を好きになり、その人がオリガを幸福にする能力が自分よりも勝っているなら、彼に席を譲るだろう、つまり自身を犠牲にしてもオリガの幸せを望むと言うが、オリガには、そんな考え方は理解不能である。

オブローモフはさらに、こんなふうに二人で逢瀬を重ねるのは良くない、回数を減らさねばならないとも言う。

「僕は蛇に嚙みつかれているみたいなんだ。これは良心の呵責だね……僕らがこうして長いこと二人だけでいると、僕は心が乱れて、心臓が止まりそうになるんだ。君だって平静ではいられない……僕は心配なんだ……君は若いからね、オリガ、ありとあらゆる危険について知らないんだよ。人間は時には自分を抑えることができなくなるんだ。自分の中に何か途轍もなく恐ろしい力が棲みついて、心は病の帳に閉ざされ、目には稲妻が走る。晴れわたった知性が曇り、汚れなき純真さへの尊敬なんてものは疾風にすっかり吹き飛ばされてしまい、人は我を忘れ、情熱で頭がいっぱいになり、自分が制御できなくなる──すると足下にぽっかりと奈落が口を開けているのさ」

オリガはオブローモフの言葉にまるで取り合おうとせず、「私はあなたの目に稲妻なんて見たことがないわ。あなたが私を見つめるのは、ほとんど私の乳母と同じ眼差しよ！」と笑う。

オブローモフは相変わらず優柔不断で、決定的な一歩が全く踏み出せない。

「僕の心は願望でいっぱいだし、頭は思いでいっぱいなんだ。それなのに僕の意志と舌が言うことをきかないんだよ。話したいのに、言葉が出て来ないんだ。助けてよ、オリガ」と言っていたが、漸く「僕の妻になってくれ！」とプロポーズができ、オリガは同意してくれた。しかし、彼女は誇り高く落ち着きはらっていた。

彼はこの瞬間は、彼女に誇り高くも、泰然自若であっても欲しくなかった。せめて一分でもいいから、涙や情熱、興奮冷めやらぬ幸福な姿を見せてもらいたかったのだ。またもや彼の心には、彼女は本当に愛してくれているのだろうか、という疑念の蛇が蠢きだした。

オリガには「あなたは私があなたのために自分の平安も犠牲にするかどうか、知りたかったんでしょ？」と見抜かれ、「そんなの、絶対に嫌よ！　私はやつれたり、死んだりするのは嫌なの！　そんな道を選ばなくても、もっと強く愛せるもの」と言われてしまう。

ただし、彼女がその道を選ばない理由は、「その道を行けば、必ず後で別れることになるからよ。でも私はあなたとは別れたくないのよ！」と言って、彼女はオブローモフを情熱的に抱きしめ、彼の頬にキスをした。

オブローモフは喜びの叫び声を上げ、彼女の足下の草の上に倒れこんだ。

第三部 秋・冬 オブローモフの失恋

有頂天でオブローモフが帰宅すると、待っていたのはタランチエフであり、いつものように金をせびった上に、ヴィボルグ地区の知り合いの寡婦宅に早く引っ越すようにと、うるさくせっつく。オブローモフは引越しの必要はなくなったから、その話をしに二、三日の内にはその寡婦を訪ねると約束する。タランチエフは、話をするなら、寡婦ではなくその兄のイワン・マトヴェイチとしなければ、埒が明かないという。タランチエフは大の外国人嫌いで、「でしゃばりのドイツ人と違って、この兄は生粋のロシア人で三十年間役所の同じ席についている信用できる男だ」と、シトリッツを非難しながら言った。オブローモフは机をどんと叩いて「黙れ、何もわかっていないくせに！」と怒鳴りつけた。タランチエフは未だかつてなかったオブローモフの剣幕に仰天して、帰っていく。

タランチエフが去った後、オブローモフは愛についてもの思いに耽るうちに、『雲一つなく明るい祭日のような愛は消え去り、もしかしたら今朝明滅したのが最後のバラ色の光だったのかもしれない。詩は過ぎ去り、厳しい歴史が始まろうとしている』と思った。『これからは、たまにはオリガの眼差しが煌めいたり、「カスタ・ディーヴァ」が聞こえたりするにしても、後はただあくせくと働かなければならない。そんなのが人生と言えるだろうか？』とは言うものの、結婚式の様子を思い描くと、オブローモフはやはりときめきを覚え、オリガの元へ駆けつける。

ところが、オリガの伯母にも早速二人の婚約について話そうというオブローモフの提案に、オリガは、「誰にも言っちゃだめよ、今はまだその時じゃないわ！」と言う。そして、まず役所に提出すべき書類があるはずだし、その後はオブローモフカ村に行って村の管理をし、さらにペテルブルグでの新たな住まいも決めなくてはいけないと、次々とこなすべき課題を数え上げる。

オブローモフは『オリガはなんて変わった女性だろう！　詩的なひと時に心地よく浸ってもの思いに耽ることもないし、そもそもまるきり空想なんて持ち合わせていない――まるでシトリツみたいだな！　どうして皆、申し合わせたみたいにあくせく生きるんだろう！』と思う。

翌日オブローモフは、役所には行けなかったものの、タランチエフの紹介で引っ越すことになっている寡婦の家に出向いた。

『十等官プシェニツィンの寡婦の家』と、門に札の掛かっているその家は、馬車がつっかえるほど小さな庭で、番犬がうるさく吠えたて、鶏の群れがコッコッと鳴きながら逃げ惑うなど、およそ詩的な景色とは程遠く雑然としている。

この家のおかみ、アガフィア・マトヴェエヴナ・プシェニツィナは、年の頃は三十歳ぐらい、色白でふっくらした体型で、眉毛はほとんど無いに等しく、白っぽい毛が少しばかり生えているだけだった。目の色は灰色がかっていて、顔全体の表情と同じくお人好しで純朴そうである。

オブローモフは、この家を借りるのは止めたという話をするのだが、おかみは愚鈍そうな顔つきをして、「只今、兄がおりませんので」の一点張りで、自分ではこの件を頑として受け付けようとしない。仕方なくオブローモフは、とりとめもない話をするうちに、このおかみには八歳の息子と六歳の娘がいることや、兄とタランチエフが大の仲良しであることなどを知る。オブローモフは寛大にも、『この女はシンプルだが気持ちのいい顔つきをしている。きっと善良な女なんだな！』などと思う。結局、その日はなかなか兄が役所から帰宅しないので、オブローモフはそのまま引き上げることになった。

八月末となり、ペチカのある別荘では火を焚きはじめた。そしてある朝、オリガのイリインスキー家も別荘を引き払い、町へ戻って行った。オブローモフも仕方なく新しい住まいがみつかるまで、ヴィボルグのおかみの家に住むことにした。その後もオリガと会ってはいたが、あの夏に咲き誇っていた愛の詩はまるでぱたりと止んでしまったようだった。

いろいろと不都合なことも起きた。オリガの買い物に付き合って出かけた店でオリガの知り合いとバッタリ出会い、またもやオブローモフは恥ずかしい気づまりな思いをしたし、ヴィボルグが街中から遠く離れているので、オリガの家に出かけるのも一苦労だった。

この中途半端な状況からさっさと抜け出すために、オブローモフは「伯母さんに言ってしまおうよ。そうすれば、僕はお宅に朝からずっといても人からとやかく言われたりしないで済むもの」と何度も言うのだが、その度にオリガは、役所には行ったのか、ヴィボルグのおかみさんの兄とは話したのか、と訊ねる。

一方、ヴィボルグの家では、オブローモフはおかみの淹れたコーヒーや彼女が焼いた若鶏とキノコ入りのパイを実にうまいと思う。半分開いた扉の向こうにおかみの姿が見える。最初に見えたのは背中と項、白い首の一部、それに剝き出しの両肘だった。せっせと何か仕事をして絶え間なく動く肘に、オブローモフは特に魅せられた。『小役人の女房なのに、肘はどこかの伯爵夫人並みだな。それにえくぼみたいな窪みまでついている!』

そして漸くおかみの兄と対面することになる。それは四十過ぎの、どこか卑屈な感じのする小役人だが、オブローモフが、ここではなく別の場所に住むことにしたいと言うと、オブローモフが署名した契約書を持ち出し、まだ二週間も住んでいないのに、一年分の家賃とその他にも何やかやと理由をつけて法外な金額を要求した。オブローモフは憤然として、相手の要求を突っぱねるが、この先どうしてこの問題を解決したものか、途方に暮れる。

オブローモフは市内で借りられる新しい住居を探し求めたが、それらは恐ろしいほど値段が高く、とても手が出ない、ヴィボルグのおかみは、ザハールの女房アニシャと馬が合い、二人でテキパキと家事をこなしている。オブローモフは時にはおかみの息子ワーニャの勉強を見てやったりしながら、家事に精を出すおかみの姿――特に、めまぐるしく動かされる肘に目は釘付けだった。オブローモフはむっちり太ったおかみのアガフィアの肘にうっとりしながら、彼女との気軽な雑談の中で出し抜けに「あなたの腕はなんて綺麗なんでしょう。今すぐ絵に描けるぐらいですね」などと言う。さらに「あなたは結婚しなけりゃいけませんよ。あなたは素晴らしい主婦なんだから」とも言った。

今ではオリガに好きなときに会えるわけではなく、イリインスキー家で、さもなければオペラの劇場で他の来客と一緒に会うことしかできない。オブローモフはそれが寂しくて仕方がないのだが、この状態を打開すべき方策は何一つ打てないままだった。そんなある日、ザハールが藪から棒に、「旦那の婚礼はいつになるのか」と訊ねた。もう夏の時分からイリインスキー家の召使たちが、結婚の噂をしていたと言うのだ。オブローモフは愕然としてしばし茫然自失状態となった。「そんな話はデタラメだ」とザハールを叱りつけたが、ソファに倒れこみながらこう言った。

「結婚！　愛する者二人の人生における詩的な瞬間、幸福の極致――それについて召使だの御者だのが話しはじめている。まだ何一つ決まっていないし、村からの返事も来なければ、僕の財布は空っぽだし、新居もみつかっていないのに……」こんな状態で結婚なんてできるはずがないとザハールに言い聞かせるうちに、オブローモフは結婚問題の実践的側面についてよく考えてみた。すると、結婚はもちろん、詩的なものではあるが、同時に重要かつ深刻な現実およびいくつもの厳しい義務に踏み出す実際的な正式な第一歩であることに気づいたのである。

オブローモフは、召使たちの馬鹿げた噂話についてオリガに話したくないあまり、オリガと会う日も先延ばしにするつもりだったが、オリガから手紙が来て、そこには、夏公園《レートニー・サード》で待っていると書いてあった。

公園にはほとんど人影がなかったが、オリガは一人で来ていた。木々の葉はすっかり落ちて、何もかもが透けて見えた。オブローモフはオリガが人目も憚らず、たった一人で夏公園に出て来たことにたじろいだが、オリガはいたって屈託なく、ひたすら陽気で嬉しそうだった。

この時の彼女の顔は運命や幸福やオブローモフを子供のように信じきっており、大層愛らしかった。

オブローモフが誰かに見られやしないかと気が気でないのに、オリガはネワ河でボートに乗ろうと言う。「もうこんなに寒い季節にボートなんて……」と言うオブローモフをオリガは説得し、二人は船頭付きのボートに乗る。オリガははしゃいで「向こう岸に行けないかしら。だってあなたはあちらにお住まいなんでしょ！　何という通り？」などと言い出す。

オブローモフはひたすら帰ろうと主張し、漸く舟を下りてからオリガに言い諭す。「こうしてこっそり会うなんて、僕らはいけないことをしているんだよ。僕は良心がとがめてならないよ。君は若くて世間知らずで、そのうえ、純真で清らかな気持ちで愛しているから、僕たち二人が——特に僕が今やっていることで、どれだけ厳しい非難を受けるか、そんなことは思い浮かびもしないだろうけどね」

オリガは、「私たちはいいなずけなのだから、こうして会って、何がいけないの、いっそ伯母様にすべて打ち明けてしまいましょう」とまで言う。

オブローモフは二週間前には自分も同じことを言ったのに、せめて田舎に出した手紙の返事が来るまで待ってくれと頼みこむ。

オブローモフはなぜか怖気づいて、『ああ、どうしよう、何てこった！　いきなり頭の上にとんでもない岩が落ちてきたもんだ！』と思う。

オブローモフは帰宅した後もどうしたら良いかわからぬままに、鬱々と時をすごしていたが、翌日、おかみのアガフィアが、山ほどの靴下を抱えて現れた。五十五足もあるのだが、二十足は全く使い物にならないと言う。オブローモフがそんな物はすべて捨ててしまえばいいと言うと、アガフィアは、繕えば使える物もありますから、そういう物は継ぎ当てをします、と言う。

オブローモフは彼女の喉元と胸に目を留めながら「あなたは、主婦どころか、奇跡の人ですね！」と言う。

続けてアガフィアは「それに物置部屋からあなたのガウンも取って来ました。あれも繕ってお洗濯をすればよろしいですよ。生地が素晴らしい物ですから。長く持ちますよ」と言った。

「無駄ですよ！　僕はあんなの、もう着ないんですから。あれは捨てたんです。僕には必要が無い物ですからね」オブローモフは答えた。

相変わらず田舎の村からの返事は来ないので、オブローモフはイリインスキー家の訪問を先延ばしにしていると、オリガから「どうして来てくださらないの、一晩中泣き通しです」という手紙が来た。

「あの天使が泣いて眠れずにいる！」オブローモフは叫んだ。「なんてことだ！　なぜ彼女は僕を愛しているんだ？　なぜ僕は彼女を愛しているんだろう？　僕らはなぜ出会ってしまったんだ？　これは何もかもアンドレイのせいだ。彼が、僕ら二人に、種痘みたいに愛を植え付けたんだ。それにしてもなんて生活だろう。ひっきりなしの動揺と不安！　一体いつになったら、平和な幸福、安息がやって来るんだ？」

オブローモフは「あーあ」と大声で溜息をつきながら横になったり、起き上がり、外にまで出たりして、まともな生活とはどうあるべきかを、しきりに探し求めた。それは、しっかりした内容に満ちているのだが、一日一日が一滴ずつポタリポタリと静かに流れてゆくような生活で、黙したまま自然を観照しながら、せっせと働く平和な家庭の営みが静穏にほんの少しずつ進んでゆくような生活だった。オブローモフが思い描きたいのは、シトリツが想像するような、沸き立つ白波とともにけたたましい水音をたてながら勢いよく流れていく幅広い河ではなかった。

『そんなのは病気だ、熱病だ。堤防をいくつも破り、洪水を起こしながら勢いよく流れていく轟々とした流れだ』と、オブローモフは思った。

オリガには、少し風邪気味なので、しばらく休んでいたいという手紙を出した。

そうこうするうちに、ネワ河が凍結しはじめ、各所の橋が外された。そして、暫くすると、凍ったネワ河の上に仮の渡り板が敷かれた。

向こう岸からオリガの使いが手紙を持ってやって来たが、オブローモフはまたもや仮病を使ってもう数日間会えないという返事を持たせた。

その内に、ついにネワ河に橋が架けられた。ところがオブローモフは、相変わらず同じ一点に止まったまま、一歩も前へ踏み出せない。

愛に胸がときめくとすぐさま、彼の上に岩のように重い考えが転げ落ちてくるのだ——どうしたらいいのか、何をすべきか、結婚問題にどう対処すべきか、どこで金を借り、その後もどうやって暮らしていけばいいのか？……

オリガは「橋が架かった」と聞いて、すぐにもオブローモフが来るだろうと期待した。しかも、以前からあった彼女の領地の訴訟問題が解決し、そこに住めるようになったという朗報を得たのだが、この話はしばらくオブローモフには内緒にしておこうと思う。その日一日じゅう、オリガはオブローモフが来るのを、今か今かと待ちかねていたが、結局オブローモフは来なかった。

そして翌日、しびれを切らしたオリガは、ネワ河を渡って、馬車でオブローモフを訪ねたのである。

オブローモフの仮病もばれてしまい、召使たちの噂話が心配だったから、という言い訳もオリガは強くはねのける。

「あなたは、召使たちの噂で私に心配をかけることは恐れても、私を心配させることは何でもなかったのね！　私、あなたがわからなくなったわ」

「ここのところずっと、こんな恐ろしいことで君がどうなるかと思うと、肝が潰れる思いだったし、あれこれの心配で頭はズタズタになるし、叶いそうになったり、潰《つい》えそうになったりする希望や期待のせいで、心が痛むものだから、全身が震えて麻痺しているぐらいだ。ほんの束の間でいいから気を休めたいよ」

「私は麻痺していないとでも言うの？　それに私の気が休まるのは、あなたの傍にいるときだけよ」

「君には若くてしっかりした力強さがある。それに君の愛し方は明朗で落ち着いている。でも僕は……。それでも知っているよね、僕がどれほど君を愛しているか！」

「いいえ、まだよく知らないわ――あなたはあんまり変わっているから、私、どう考えたらいいのか、訳がわからなくなってしまうの。私の知性も希望も消えてしまいそうよ……。もうじき私たち、お互いを理解できなくなってしまうわ。そうなったら、おしまいよ！」

この二週間、オブローモフが何ら積極的な行動もせずに、のんべんだらりと過ごしたことを知ると、オリガは真剣な声で語りはじめる。

「イリヤ！　憶えているでしょ、夏に公園で、あなたの中で生命が輝きはじめたとあなたが言ったこと、私があなたの人生の目的であり、理想であると保証してくださり、私の手を取って『これは僕のものだ』とおっしゃったこと――それで私はあなたに承諾を差し上げたのよ。それなのに、あなたは私を騙したのね」

「君は僕の愛を疑うのかい？　僕がぐずぐずしているのは、自分のことが心配だからで、君のことを心配してのことではないと思っているんだね？　僕の健康がこうした情熱や気遣いゆえにどれだけ損なわれているか君は知らないんだよ！　そう、今でも君は僕の目的だよ、君だけなんだ。もし君が僕と一緒にいてくれなくなったら、僕はすぐにも死んでしまうし、狂ってしまうよ！」

彼の目はあの公園にいたときのように、キラキラと輝き出し、再び誇りと意志の力が煌めきはじめた。

オリガはこの情熱の吐露を、厳しいもの思わしげな様子で聴いていた。

「いいこと、イリヤ、私はあなたの愛も、あなたに及ぼす私の力も信じているわ。でもなぜあなたは、優柔不断で私を辟易させたり、疑念を抱かせたりするの？　私はあなたの目的だってあなたは言うけれど、その目的に向かう歩みはひどくおっかなびっくりだし、のろいでしょ。あなたはまだずっと先まで行かなきゃいけないのよ。あなたは私より高いところに到達しなければならないのよ。私はそれをあなたに期待しているんだから」

オリガは、オブローモフにはそれはとても無理だろうと思っているのだが、オブローモフは今や譫言《うわごと》のように「君しかいないんだ！　ああ、なんて幸せなんだろう！」と言うばかりだ。「あなたのような女性の愛は、人をどれほどの高みにまで引き上げてくれることか！　僕を見てよ――僕は蘇ったでしょ、この瞬間、僕はちゃんと生きているでしょ？　こんな所は出ましょう！　さあ！

ああ、もしも今僕を燃やしている火が、この同じ火が明日も、これから先もずっと僕を燃やし続けてくれたらなあ！　君がいなけりゃ、僕の火は消えてしまう、破滅してしまうんだ！　今、僕は蘇った、復活したんだよ……オリガ、オリガ！　君は世界中の何よりも素晴らしい」

『優しいのね、ほんとうに優しい人だわ！』とオリガは思った。

オリガが帰った後も、オブローモフの顔には霊感に満ちた輝きが戻り、幸福と感動で目が潤んだ。全身に温もりと爽やかな元気が広がり、不意に以前のように、どこへでも、どこか遠くでも出かけたくなった。

『今日は彼女がこちらに来てくれたんだから、僕も彼女を訪問しよう。その後はオペラだ。なんて忙しい日だろう！　オリガの乙女の輝きと元気いっぱいの力、若いけれど繊細で深みのある良識をもった彼女の領域で、こうした生活ができれば、なんと軽やかに呼吸ができるのだろう！』オブローモフは飛ぶように軽やかに部屋の中を歩き回った。

「前進、前進！」とオリガは繰り返す。「より高く、高く、優しさや優雅さが力を失い、男性の王国が始まる一線を目指して」

『彼女はなんてくっきりと人生が見えているんだろう！　二人の人生は、二つの川が合流するように一つにならなければいけない。しかも僕が彼女の指導者となるのだ！　あの人には僕の力、能力が見えている』

すっかり気分が高揚したオブローモフは、『一人暮らしはもうたくさんだ』と思う。田舎の領地からオブローモフが待ちかねていた手紙が漸く届いたが、その内容は全く捗々《はかばか》しいものではなかった。オブローモフカ村は荒れ放題であり、百姓たちにきちんと賦役と年貢を割り当てる必要がある。それには、地主であるオブローモフ自身が早急に村へ出向かねばならない。未納の年貢取り立てだけでも三か月はかかる――こうした厳しい現実をつきつけられ、オブローモフはいっそ借金をしようか、とまで考えるが、『結婚は少なくとも一年は考えられないな』と思う。

オブローモフはアガフィアの兄イワン・マトヴェイチに相談を持ち掛ける。イワンも、とにかく地主ご本人が領地に行ってみないことには、と言うのだが、オブローモフは、「僕は賦役とは何か、農村の労働とは何か、貧農とは、富農とは何か――何も知らないんです。ですから子供に教えるように、私にアドヴァイスしてくださいよ。私は単なる『旦那』で、何一つやる能力がないのです」と、すっかり手の内を明かしてしまった。イワンは、自分の同僚に領地経営の経験がある男がいるから、その男に一切を任せればいいと言う。

その晩、オブローモフが借りている家のすぐ傍の居酒屋で、イワンとタランチエフが祝杯を上げていた。イワンはオブローモフの田舎の領地管理でまた莫大な金を巻き上げられそうだと、タランチエフに報告した。タランチエフは、イワンが妹の家を貸すに当たり、オブローモフに途方もない高額の契約書に署名させていた件を、「大したもんだ、おまえは名人だ！」と持ち上げる。

オブローモフは契約書をろくに読まずに署名したので、イワンは、「ロシアの地で書類を読まずに署名する抜け作が絶滅しない限り、俺たちは安泰さ」と言う。

ただイワンの心配は、オブローモフが結婚するかもしれないことだ。しかし、タランチエフは、「あいつが結婚なんて、絶対するはずがない」と断言する。

イワンはどうやらオブローモフがアガフィアに秘かに思いを寄せているようだと言う。タランチエフは、「そいつは夢にも思わなかったな。妹の方はどうなんだ?」と訊ねる。

イワンの答えは妹を馬鹿にしきったものだった。「あいつは、牝牛さ、正真正銘の牝牛だ。殴ろうが抱き付こうが、いつだって、うすら笑いを浮かべるだけさ」

オブローモフは田舎の領地から手紙を受け取ったことをオリガに伝え、おかみの兄に相談して、代理人に一切を任せることにしたと言った。

オリガは「見ず知らずの他人に頼むなんて！」と呆れた。オリガは軽く苦笑したが、心の中は悲しみでいっぱいだった。

オブローモフは、「一年ぐらいで、すべては片がつくから……」と話しながら、ふとオリガを見ると、彼女は気絶していた。

オリガが休んでいる間に、オブローモフはさすがにいろいろと考え直し、自分も代理人と共に持ち村へ行こう、オブローモフカ村を立派に立て直そうと決心する。

しかし、意識を取り戻したオリガは、蒼ざめ、面やつれしており、既にある決意を固めていた。

「私は後悔していません。私はつらいの、本当につらいの。傲慢さゆえに、私は罰せられたのね。自分の力を過信していたから。それが私の犯した間違いなの。私はあなたを蘇らせることができる、あなたは私のためにまだ生きてくださると思っていたけれど、あなたはもうとっくに亡くなっていたのね。私はこの間違いを見抜くことができずに、ずっと期待して待ち続けていたのよ。私があれだけやったんだから、石だって蘇ったはずよ。もうこの先は、私は何もできない、一歩も進めないわ。すべては無駄だったのね——あなたはもう死んでしまっているんだから」

それでもオブローモフが「一年たてば……」と言いかけると、オリガは訊ねた。

「まさかあなたは、一年たてば、自分の為すべきことも生活もきちんとできていると思っているの？　あなたは、私にとって必要な人になってくださるの？」

「僕を苦しめないでよ、オリガ！」

「もう私たち、別れるべき時なのよ。もしあなたが結婚したら、その後はどうなるの？　あなたは日毎に益々深く眠り込むようになるわ——そうじゃない？　で、私は？　私がどんな女か知っているでしょ？　私は決してふけこんだり、生きることに疲れたりはしないわ。でもあなたと一緒に暮らしたら、毎日毎日を、降誕祭を待って過ごし、その後は謝肉祭、よそのお宅に遊びに行ったり、ダンスをしたり、何も考えずに暮らして、夜寝るときは、今日もあっという間に過ぎ去ったことを神様に感謝し、朝は今日も昨日と同じような日になりますようにって願うわけよね……。これが私たちの将来——そうでしょ？　こんなのが人生って言える？」

オブローモフは目で『さようなら！』と言った。

オリガも『さようなら』と言いたかったのだが、言葉の途中で声が掠《かす》れ、調子外れの音になってしまった。オリガの顔は痙攣して歪み、片手と頭をオブローモフの肩の上に載せると、激しく嗚咽した。賢い女性は姿を消し、ここには悲しみに対して為すすべもないただの女がいるばかりであった。嗚咽の合間に「さようなら、さようなら……」という声が漏れた。

「オリガ、君は僕を愛してるんだから、別れることなんて耐えられないよ！　あるがままの僕を受け入れてよ。僕の中にある良いところを愛してよ」

「いいえ、それはできないわ。思いきり泣かせて。神様は私を罰しているのよ！……私、痛いのよ、とっても痛いの、ここが、心が。私が泣いているのは、将来を思ってではないの。過去を思ってよ。過去は萎れてしまった、過ぎ去ってしまった……私が泣いているんじゃなくて、思い出が泣いているのよ」

　さらにオリガは言った。「私、最近、やっと気づいたの。私が愛しているのは、あなたの中にあってくれたらいいと私が望んでいたもの、シトリツが私に指示して、二人の頭で創り出したものなのよ。私が愛していたのは未来のオブローモフだったの！あなたはおとなしくて正直な人ね、イリヤ。あなたは優しくて、鳩みたい……」

彼女の言葉は残酷であり、オブローモフを深く傷つけた。彼は、何とも言えずに哀れな、裸であることを非難された物乞いのように、病的に恥ずかしい気持ちだった。

オリガは、自分の言葉にどれだけ毒があったかに、不意に気づき、「私を赦して、すべて忘れて。今までどおりにやってゆきましょう」と言ったが、オブローモフは「本当のことを言ったんだから、気にしなくていいよ。僕は言われたただけのことはあるんだ」と言った。

オリガは不意に頭を上げると、訊ねた。「どうして、何もかもがダメになってしまったの？　誰があなたに呪いをかけたの、イリヤ？　あなたが何をしたっていうの？　あなたは善良で賢くて優しくて上品なのに……それでも破滅するなんて！　何があなたをダメにしたの？　その悪に名前は無いのかしら」

「あるよ」ようやく聞こえるような声でオブローモフは囁いた。「オブローモフシチナさ！」そして彼女の手を取り、キスをしようとしたができずに、ただ強く唇に押し当てただけだった。熱い涙が彼女の指にはらはらと零れ落ちた。

オブローモフはほとんど茫然自失状態で、あちこちを彷徨い回り、深夜に帰宅した。彼は、ザハールが服や長靴を脱がせ、アガフィアが丹念に繕った例の東方風のガウンを着せかけたことにも、ほとんど気づかなかった。

彼の周りでは何もかもが眠りと闇の中に沈んでしまい、心臓も止まりそうになった――たしかに一瞬、動きを止めたのである。

人間の中では、少しずつ困難なプロセスを経て運命への服従が出来上がってゆくものだが、――その際、身体はゆっくりと徐々に全身を動かしはじめる――さもないと、悲しみが人間をへばらしてしまい、人間は二度と立ち上がれなくなるからだ。それは、悲しみによりけりで、どんな人間かにもよるのだが。

翌朝、九時過ぎにザハールがオブローモフの部屋にやって来ると、旦那は肘掛け椅子に座ったままで、顔面蒼白だった。

綿のような雪が降りしきり、地面を厚く覆っていた。

「雪だ、雪だ、雪だ！　何もかもを覆い尽くしてしまった」とオブローモフは呟いた。

アガフィアが「今日は日曜ですから、パイを焼きました」と、優しい声で差し出したが、オブローモフは何も答えなかった。熱病にかかっていたのである。

第四部　アガフィアとの結婚から死へ

オブローモフが熱病に倒れてから一年が過ぎた。その間に世界各地で多くの変化があったが、ヴィボルグ地区の寡婦の家では、相変わらずの生活が続いていた。

オブローモフは回復したが、領地経営は代理人に任せきりだった。

病後オブローモフは長い間、鬱状態で、病的な尋常ならざる深いもの思いに沈みこんでいた。やがてほんの少しずつ、生々しい悲しみが、物言わぬ無関心に変わって行った。そして山が少しずつ崩れ落ちてゆくように、海が岸から少しずつ遠のいたり岸の方に満ちてきたりするように、オブローモフは僅かながら一歩一歩以前の通常の自身の生活に戻って行った。

一年がもの憂げに過ぎ去ったが、オブローモフは再び春を待ち、持ち村への旅行を夢見ていた。

夏の初めになると、家では、もうすぐやって来る二つの大祭の話を皆で始めた。おかみのアガフィアの兄の名の日であるイワン祭[4]と、オブローモフの名の日のイリヤ祭[5]である。

プシェニツィナの家ではアガフィアが働き者の料理上手であるだけでなく、兄も旨い物に目が無い方だったので、食卓は豪勢だった。

オブローモフは、アガフィアが何くれとなく彼の用事にも関わってくれているのを見て、ある時冗談めかして、彼の食事の面倒も一切引き受けてくれないかと提案してみた。

アガフィアの顔にこぼれんばかりの喜びが広がった。彼女の活躍の場は大いに広がり、その上、アニシャまで手に入れたのである。生活は沸き立ち、川となって流れ出し、アガフィアの運命に大きな変化が起こった。

4　ロシアの「イワン」は西欧ふうに言えば「ヨハネ」となる。
5　「イリヤ」は西欧ふうに言えば「エリヤ」となる。

いったいどうしてある頃から、彼女はそわそわと気もそぞろになってしまったのだろう?

例えば以前なら、夜八時には眠くてたまらず、九時に子供たちを寝かしつけると、すぐにぐっすり深い眠りに落ちていた。

ところが今は、オブローモフが劇場に出かけるなどして帰りが遅いと、彼女は輾転《てんてん》反側《はんそく》して、どうしても寝つけないのである。

またオブローモフが病気になったとき、彼の部屋に誰も入れず、彼のベッドの傍に付ききりで目を離さず、やがて紙に大きな字で『イリヤ』と書いて教会へ駆けつけ、その紙を祭壇に献げ、健康回復を祈り、その後、隅に引き下がり、跪き、長い間、頭を床に擦り付けていた。

それは、女性の本質において支配的な要素である憐みや共苦以上のものではない、と言われるかもしれない。

それはそれで結構だ。しかし、オブローモフが病気の治りかけに、冬じゅう陰鬱で、ほとんど彼女と口もきかず、彼女の部屋を覗こうともせず、彼女が何をやっているのか、そんなことには関心ももたないし、冗談も言わず、彼女と一緒に笑うこともなかったとき——アガフィアが痩せてしまったのは、なぜだろうか。

ところが、オブローモフが回復し、善良な微笑みを浮かべるようになり、以前どおりに彼女を優しい眼差しで見るようになると、ドア越しの彼女は再びふっくらとして、再び家事をはつらつと元気にこなすようになった。

そして今やオブローモフが家族の一員となると、彼女のこなす家事が何から何まで新たな生き生きとした意味を得ることになった。オブローモフの安らぎと快適さ——それが彼女の楽しみとなっていた。

しかし彼女は、自分に何が起きているのか、わかっていなかったし、それを自分に問うこともなく、この甘美なくびきの下に無条件に移行したのだ。そこには、何の抵抗も熱中も動揺も情熱も不安な予感も心の疼きも神経の戯れや音楽もなかった。彼女は単にオブローモフが好きになってしまったのだ。不治の熱病に罹ったかのごとく。

何のために、なぜ、彼女はよりによってオブローモフを愛するようになったのか。愛も無いまま嫁に行き、三十歳の年まで愛を知らなかったのに、今だしぬけにどうしてこんなことになったのだろう?

アガフィアは、以前にオブローモフのような人たちに出会うことはほとんどなかった。見かけるとしても遠くからであり、そういう人たちを彼女は好ましく思っていたかもしれないが、彼らは別世界の住人であり、近づきになるチャンスは無かった。

オブローモフは、歩き方といい、眼差しといい、手つきといい、何もかもがゆったりと穏やかで優雅なのだ。話し方も、兄やタランチエフ、亡くなった夫とは違う。話の内容は、彼女にはあまりわからなかったが、それが賢く、素晴らしく、類まれなものであることは感じられた。

どこを取っても、彼のすべてが申し分なく、清らかで、何も自分ではできないし、自分ですることもない。何もかもを他人がやってくれる。彼にはザハールがいるし、さらに三百人ものザハールがいるのだ……。

彼は旦那であり、光り輝いている！　しかも善良そのものなのだ。

オブローモフは、自分がこの小さな一角にいかなる意味をもたらしたかは理解していたが、その意味がいかに深く根を下ろし、アガフィアの心に対していかに思いがけない勝利をおさめていたか、それについては、少しもわかっていなかった。

アガフィア自身も、オブローモフに対して、コケティッシュな態度を取ることなどできなかったし、彼女の愛はもっぱら死ぬまで果てしなく尽くすという形だけで表現されていた。

オブローモフは、彼女の態度の本当の特性を見抜くだけの目を見開いていなかったので、彼女の感情は極めて自然で無欲なものだと受け留めていた。

実際、彼女の感情は無私無欲なものであり、教会で祈りを献げたことも一晩中病床に付き添ったことも、後で話題にもしなかった。

オブローモフの彼女に対する態度は、もっとずっと単純だった。アガフィアが目まぐるしく肘を動かしながらせっせと家事をこなす姿は、オブローモフにとって、大洋のごとく果てしなく決して破られることのない、平穏な生活を理想化したものだった。そうした平穏な光景は、まだ子供時代に父の家で彼の魂に消しがたく刻まれたものである。父の家でそうだったように、彼は何もしなくとも周りではてきぱきと快適に物事が運ばれていくのだ。

オブローモフは日毎にアガフィアと親しくなっていったが、愛については思い浮かびもしなかった。その愛とは、彼がつい最近体験した天然痘かはしかか熱病のようなもので、それを思い出すと、身震いをしたくなるのだ。アガフィアとの間柄は、万事平安の中にあった。

アガフィアは、さあさあと急き立てたり、要求がましいことを言うことなど決してない。だからオブローモフは、功績《せ》を成し遂げようと、それを志向して、自己愛的願望や欲求などが生まれるはずもなく、時は過ぎ去り自分の体力、能力は朽ちてゆくのに、自分は善も悪も何一つ為さず、ただぶらぶらと、生きるというよりは人生をむざむざと過ごしていることを思って、心が苛まれることもなかった。

彼はまるで見えない手によって、暑さ除けに日陰に、雨除けに覆いの下に植えられ、大切に世話をされ、慈しまれている高価な植物のようだった。

オブローモフは暖かい火にあたるように、次第にアガフィアに近づくようになり、一度などは近寄り過ぎて発火寸前に至ったこともあった。

「僕があなたを好きになったら、キスをしたら、どうしますか？」と言いながら、オブローモフは、彼女の首筋に軽くキスをしたが、アガフィアは首輪を付けられた馬のように、真っ直ぐに立ったまま身じろぎもしなかった。

オブローモフは、「一緒に田舎で暮らそう」とまで言うのだが、彼女は、「ここで生まれたんですから、一生ここで暮らし、ここで死ななければいけません」と言うばかりだ。

オブローモフは、微かに興奮を覚えながら、彼女を見つめていたが、彼の目はキラキラと輝くわけでも涙に満たされるわけでもなく、ただ、長椅子に腰を下ろし、彼女の肘から視線を外したくないと思っただけだった。

アガフィアの兄イワンの名の日、イワン祭の祝宴は、同僚を三十人も招いた豪勢なものとなった。

イリヤの名の日の祝宴も、アガフィアが腕によりをかけて豪華な食卓を用意したが、来客は少なかった。ところがそこへ突然、シトリッツが姿を現した。オブローモフは親友を抱きしめて歓迎したが、アガフィアの兄とタランチエフはそそくさと姿を晦ました。

シトリッツは早速、「今でなければ、二度とできない」という格言を持ち出し、オブローモフになぜ外国に来なかったのか？　と聞き出す。実は、シトリッツは、オリガから失恋のいきさつは何もかも聞いて知っていた。オリガはふさぎ込み、癒しがたい涙にくれていたが、今はスイスで、すっかり明るくなって、幸せにしており、秋には伯母と共に彼女の持ち村に行くというのだ。

シトリッツは真剣な面持ちで語りはじめる。「君は生活の仕方を変えなくちゃだめだ。

さもないと体が浮腫《むく》むか、卒中を起こすよ。将来に期待をかける——そんな話はもうおしまいだ。オリガ、あの天使でさえ、自分の翼で君を泥沼から連れ去ることができなかったのだから、僕だって何もできやしないよ。それでも、小さな活動の場を選んで、小さな村をきちんと整備し、百姓たちとつきあって、連中の仕事に加わって、ものを建てたり、植えたりする——そういったことならすべて、君はできるはずだよ……。僕は君を見捨てやしないよ。今はもう自分の願望だけに従っているわけじゃない。オリガの意志に従っているんだ。彼女は、君が完全に死んでしまわずに、生きながら葬られることのないようにと望んでいる。それで僕は君を墓の中から掘り出すことを約束したんだ……」

「彼女はまだ、僕のことを忘れていないんだね！」

「君は彼女の持ち村を訪ねなくちゃいけないよ」

「今はだめだよ、お願いだ」

「まあいいだろう！　それじゃ、君の村へ行こう」

シトリッツの提案にオブローモフは、自分の村は、今は代理人に任せており、千五百ルーブルを送ってもらっているのだと話した。

シトリツは、「君は完全に略奪されているんだよ！　三百人の農奴がいるのに、千五百ルーブルだなんて！」と呆れ、「イリヤ！　君はほんとうに破滅して死んでしまったんだね！」と言い、自分がオブローモフカ村を立て直してみせると息巻く。

オブローモフは、溜息をついた。

「ああ、生活か！」

「生活がどうしたって？」

「煩わしいんだよな。平安ってものがないじゃないか！　ごろりと横になって眠りたいよ……ずっとね……」

「つまり、灯りを消して、暗闇の中にいたいってわけか。生活は火を絶やしちゃいけないんだ。ああ、二百年も三百年も生きられたらなあ！　どれだけいろんな仕事ができるだろう」

「君はちょっと別種だよ、アンドレイ」オブローモフは反論した。「君には翼があるから、君は生きているんじゃなくて、飛んでいるんだ。君には才能も自己愛もある、何か出来が違うんだよ」

「人間は、自分で自分を作り上げるようにできているんだ。自分の本性を変えることだってできる。君にだって翼があったのに、自分で手放してしまったんだ。君は自分の能力を、まだ子供の頃、オブローモフカで、伯母さんだの、乳母だの、叔父さんだのに囲まれているうちに失ってしまったんだ。靴下が履けないことから始まって、しまいには生活することができなくなったのさ」

「仕方ないよ、もうとり戻せないんだから！」

「とり戻せないなんてことがあるもんか！」

結局、シトリッツは一人で田舎に出発し、オブローモフは秋までには行くと約束して、そのまま留まった。

イリヤの名の日の翌晩、イワンとタランチエフは居酒屋で落ち合い、オブローモフカ村で年貢は徴収できているのに、それを自分たちがくすねていたことをシトリッツに知られ、罰せられるのではないかと心配していた。しかし、ずる賢い二人は、それは何とか切り抜けられるだろうと考え、今後さらにオブローモフから金を巻き上げる方策として、オブローモフが最近、頻繁にアガフィアの部屋に入り浸っていることで、オブローモフをゆすってやろうと考えついた。

オブローモフのせいで妹は金持ちとの再婚話も壊れてしまったとでも言って、妹宛ての一万ルーブルの借用書にオブローモフに署名させ、さらに妹には同額の借用書をイワン宛てに書かせる。オブローモフもアガフィアも、全くの世間知らずだから、あっさり騙されるだろう。こうしたやり口を何度も繰り返せば、今後いくらでも金は吸い取れるはずだと、二人は祝杯を上げた。

シトリッツがオリガと偶然再会したのは、パリでだった。オリガは伯母と一緒だった。彼女は何という変わりようだろう。顔は青白く、目は少し落ち窪んだようで、唇に子供っぽい微笑みも無ければ、無邪気な呑気さも消えていた。眉毛の上には、深刻なとも悲痛なともつかぬもの思いの気配が漂っており、顔全体には憂いの雲か霧がかかっているようだった。

「オリガさん、随分成長されて、すっかり成熟しましたね」とシトリッツは話しかけた。

オリガと伯母はパリで半年を過ごし、その間、毎日シトリッツが二人を案内し、話し相手をつとめた。オリガは明らかに回復し、少しずつシトリッツにとっての以前の友に戻りつつあった。

時にはオリガは、シトリッツが見たり知識を得たりしたことを自分でも見たい知りたい、という願望を表すことがあった。少しずつ知らず識らずのうちに、シトリッツはオリガの前で、自分が考えていることや感じていることを声に出して言うことに慣れてしまった。そしてあるとき、不意に自分は一人で生きているのではなく、二人で生きはじめていることに気づいた。

シトリッツが、オリガの「何かを問いたい」と渇望する眼差しを待たずに、エネルギッシュな情熱をこめて、いそいそと彼女の目の前に、新しく仕入れた知識や情報を投げ出すと、オリガの青白い顔にどれほど熱い朝焼けの光が差すことだろう！

そしてオリガの知性が、彼と同じような配慮と可愛らしい従順さをもって、彼の眼差しや一つ一つの言葉の中にあるものを急いで捉えようとし、二人が共に互いを注意深くじっと見つめているとき、シトリッツ自身もどんなに幸福に満たされていたことだろう！

春になると、オリガと伯母とシトリッツはスイスに移動した。シトリッツはまだパリにいた頃から、今後自分はオリガなしでは生きてゆけないと、心を決めていた。果たしてオリガは彼なしで生きてゆけるのか。しかしこの疑問に答えることは彼にとって容易ではなかった。

シトリッツが彼女の顔に読み取ることができたのは、シトリッツに対するまるで子供のごとき信頼感であり、あんな顔で見つめる相手は母親だけだろう。

オリガは、自分はシトリッツだけを信じているのであり、この世でこれほど信頼しきることのできるのは、世界中にただ一人、彼だけだと、しきりに言っていた。シトリッツは、むろん、それを誇らしく思ったが、果たして彼女の気持ちが愛なのかどうか、それは疑問のままだった。

『もし彼女が愛しているのだとしたら、どうしてあんなに用心深く、自身の心を打ち明けないのだろう？』

オリガはどうしたのだろう？　シトリッツはあるちょっとしたことを知らなかったのだ。オリガは恋愛したことがあり、彼女は彼女なりに精いっぱい乙女時代を――自身をコントロールできずに、不意に赤くなったり、うまく隠しきれない心の痛みや恋愛の熱に浮かされたような兆候や初期の熱病を――体験していたことを、知らなかったのだ。

シトリッツは、オリガが自分を愛してくれているのかどうか、気になって仕方がない。

どうやら今まで彼が女性たちとの出会いの中で、自分の身を護るために実に巧みに避けてきたありとあらゆる恋愛の苦しみや拷問が、この半年間に一気に集中して彼の身の上で踊りはじめたようだった。

シトリッツは、彼の健康な身体でさえも、もしあと何か月もこうした頭と意志と神経の緊張が続いたら、とてももたないだろうと感じ、怖くなった。

一方、オリガの気持ちはいかなるものだったのか——シトリッツのような人が知性と情熱に満ちた崇拝の念を絶えず捧げてくれていることは、好ましく思っていた。この崇拝のおかげで、彼女の傷ついた自尊心は回復し、少しずつプライドも蘇りつつあった。

オリガはシトリッツに対する自身の現在の気持ちについて思いを巡らすと、どうしてもオブローモフとの間にあったあの経験は何だったのだろうと考えこまずにはいられない。

『もしあれが純粋な初恋であったとしたら、シトリッツに対する気持ちは何なのだろう？　これもまた恋愛なのか？　初恋の後、七、八か月で二つ目の恋だなんて！　いや、自分にはシトリッツに対する恋心などありはしない、自分が愛していたのは、オブローモフであり、その恋は死んでしまい、人生の花は永久に萎れてしまったのだ！シトリッツに対して自分が抱いているのは友情だけなのだ』と彼女は考え、昔からの親友に対する恋愛の可能性さえも払いのけてしまった。

とは言え、彼女の気持ちはもやもやしたものであり続け、この問題を解決するには、すぐにもシトリッツの元から立ち去るべきだったのだが、そんなことはオリガにはとてもできなかった。

二人はより頻繁に会えば会うほど、益々精神的に近づき、シトリッツの果たす役割は知らず識らずの内に観察者からさまざまな現象の解釈者、そして彼女の指導者へと変わっていった。

オリガは『ああ、あの人の妹であったら良かったのに！　あの人と一緒にいることを、情けない過去を打ち明けるというつらい犠牲など払わずに、楽しむことができたら、どんなに幸せかしら』と思った。

オリガは時折、この状態に一気にけりをつけるため、いっそのことシトリッツに何もかも打ち明けてしまおうかとも思ったが、それは恥ずかしく、心が痛んだ。彼女は自分を観察しはじめ、自分が恥ずかしいのは、過去のロマンスだけでなく、その主人公のことも恥じているのだと気づいて、ぞっとした。

とは言え、オリガの眼前には、しばしば彼女の力に反して、もう一つの愛の像《すがた》が立ち上がり、燦然《さんぜん》と輝いた。それは、日毎に心をとろかすような魅力を増す華麗な幸せの甘い夢であり、オブローモフとの怠惰な微睡の中ではなく、全面的に展開する生活の広々とした領域で、ありとあらゆる深みも魅力も悲しみも伴う、シトリッツとの幸せであった。

オリガは、明朗で理性的なシトリッツの存在を道ならぬ情熱で曇らせるべきではないと思うこともしばしばあり、シトリッツとの関係をどうすべきかわからず、悶々としていた。

ついにある日、シトリッツが「僕はあなたを愛しています」と告白し、オリガの気持ちを訊ねる。オリガは、シトリッツからの審判が下るのだと覚悟し、自身の過去を語ろうとして、『ああ！　こんなに恥ずかしくて辛いのは、私がいかに罪深いか——そうに違いないわ！』と苦しんだ。

「僕が助けてあげましょう……あなたは……恋をなさったんでしょう？」シトリッツはやっとのことで言った。「相手は誰なんです？」

「オブローモフさんです！」オリガは窮地に追い込まれた人が断崖から身を投げる

か、火の中に飛び込むように、出し抜けに言った。

シトリッツは唖然とした。「オブローモフか！　そんなの嘘だ」

「ほんとうです」オリガは落ち着いて言った。

「あなたは、自分のことも、オブローモフのことも、あるいは、とどのつまり、恋愛というものも、わかっていないのですよ。それは、恋愛ではなくて、何か別のものです」

「オブローモフさんはあなたの友情には相応しい人でしょ。あなた、あの人のことは、どんなに高く評価してもしきれないくらいでしょ。そういう人がどうして恋愛に値しないの？」オリガはオブローモフを擁護した。

「よく恋は盲目って言うが、恋には何か特別なもの——それは時には実にちっぽけなつまらないものかもしれないけれど——それが必要なんだ。でも、その特別なものが、僕のこの上なく善良な友達ではあっても、あののろまなイリヤには無いんだよ」

「もしあれが恋愛だったとしたら、あなたは立ち去ってくださいね」

そして、オリガの長く詳細なる告白が始まった。初めのうちは、胸が弾み幸福であったが、やがて不意に悲しみと疑念の泥沼に落ちてしまったあの体験について何もかも語ったのである。

オリガはオブローモフの手紙もシトリッツに見せて、彼からの宣告を待ったが、彼女の前に立っていたのは、以前と同じ自信に満ちて少し人をからかうような、けれども無限に優しく、彼女を甘やかしてくれる親友であった。

「僕の天使さん！　徒らに苦しむのはおやめなさい。あれが何だったのか、あなたは知りたいんでしょう？」シトリッツはオブローモフの手紙を手に取り、読み上げた。「あなたの言う『好きよ』は、現在の愛ではなく、未来の愛なのです。あなたは勘違いしたのです。あなたの目の前にいるのは、あなたが待っていた、あなたが夢見ていた人ではありません」そしてシトリッツはさらに「ところが彼は、あなたの美しさに負けてしまい……あなたは彼の鳩のような優しさに感動してしまったのですよ。僕だって、話がもしイリヤでない、他の男についてだったら、真剣になりますよ。でも僕はオブローモフをよく知っていますから」

「でももしあの人が変わって、蘇って、私の言うことを聞いてくれるようになったら……それでも私はあの人を愛さないかしら？」

「つまり、もし彼のいた場所に別の人間が入れ替わっていれば、ということですね。でも、それはまた別の話だし、主人公も違いますよ」

オリガは何もかもを告白し、しかもシトリッツに全てを受け入れてもらえたことで胸のつかえがとれた。

「ああ、なんて幸せなんでしょう……元気になるって」

「いや、元気になったのは、僕の方ですよ！」

「夢みたい、まるで何も無かったみたいだわ！」

「慌てることはありません。あなたの心の喪が明けたら、そのとき、僕にどんな値打ちがあるのか、それを教えてください。僕のお嫁さんになってください」

ついにプロポーズの言葉を口にしたシトリッツに対して、オリガはまだ躊躇《ためら》いがちであった。「でも、あの過去のことは？」彼女は、再び、母の胸に委ねるように、彼の胸に頭をもたせかけて、囁いた。

「過去なんて、あなたのライラックのように、萎れてしまいますよ！　あなたは教訓を得たのです。今やその教訓を生かす時が来ました。人生が始まるんですよ」

シトリッツが帰った後も、オリガはすこぶる静かで平和な喜びに浸っていた。

イリヤの名の日の祝宴にシトリッツが現れてから一年半ほどがたった。今ではオブローモフの暮らし全体も、オブローモフもアガフィアもすっかり落ちぶれて窶《やつ》れてしまっている。アガフィアの兄とタランチエフが思いついた悪だくみが功を奏し、シトリッツのおかげでオブローモフカ村から順調に送られて来るようになった金は、そっくりアガフィアに渡すことになっていた。それは、彼がアガフィア宛に書いた「借用書」に基づくものであり、またその金はアガフィアが兄宛てに署名した「借用書」に基づき、そっくりそのまま兄の手元に渡ることになっている。

アガフィアは腕を振るってオブローモフに数々のご馳走を食べさせたいのだが、そのお金が全く無くなってしまったのだ。

アガフィアは仕方なく、持参金として持って来た真珠や銀製品などを質に入れてお金を作った。

それでもオブローモフが明日はタランチエフやイワンを食事に呼ぶと言えば、アガフィアは主人に恥をかかせるようなことはしなかった。しかし、その気遣いのために、彼女はどれだけ気を揉み、あくせく駆け回り、何軒もの店にいろいろと頼み込み、その後には不眠症になり、涙まで流したことか！

突如として彼女は人生のなんとも深い不安にどっぷりと嵌まり込んでしまい、人生の幸福な日々も不幸な日々も知ることになったことだろう！　けれども彼女は、この人生を愛していた。ありとあらゆる苦しみや涙にもかかわらずこの人生を、オブローモフを知る前の、静かな流れと引き換えたいとは思わなかっただろう。

ある日突然、シトリッツが現れた。とっさにオブローモフは居留守を使い、隠れたが、シトリッツは二時間後に食事に来ると言い残して立ち去った。

家にあるお金はたったの五十コペイカであり、アガフィアは真っ青になったが、オブローモフはアガフィアの胸中も知らずに、食事の準備を頼む。

戻って来たシトリッツは、オブローモフがすっかり窶れており、例のよれよれのガウンをまた着ていることにも気づく。

オブローモフは、オリガはどうしているかと訊ね、シトリッツに「忘れていなかったんだね」と言われると、「どうして彼女を忘れられるだろう？　それは、僕もかつては生きていて、楽園にいたことを忘れてしまうことだよ」と答える。さらにオブローモフは、オリガが今では自分の領地にいて、その管理をしており、結婚もしたと聞くと、心から喜び、座っていたソファの上で、少し飛び跳ねるように身体を揺すったりするので、シトリツは、その姿に見とれ、いささか感動したほどだった。

「君はなんて善良なんだろう、イリヤ！　君の心は、たしかに彼女に相応しいものだったんだね。彼女に伝えるよ」

「いや、言わないでくれ！　彼女が結婚したことを僕が聞いて喜んだと知ったら、彼女は僕には感情が無いのだと思ってしまうよ」

「喜びは感情じゃないのかい、しかもエゴイズム抜きなのに？　君はただ彼女の幸せを喜んでいるんじゃないか……」

それからオブローモフは、オリガの結婚相手がシトリツだということを初めて知る。オブローモフの顔から少しずつ驚きの色が消え、穏やかなもの思いに変わっていった。彼はまだ目を上げなかったが、一分後には彼のもの思いは静かな深い喜びに満たされていった。そしてゆっくりとシトリツを見つめると、その眼差しには感動と涙が溢れていた。

「愛しいアンドレイ！　愛しいオリガ……さん！　君たちは、神様ご自身が祝福してくださったんだよ！　ああ、僕はなんて幸せなんだろう。彼女と、僕が彼女と出会ったのは、彼女を正しい道に導くためのプロセスだったんだ、そしてこの出会いを祝福しているし、新しい道に立っている彼女のことも祝福していると伝えてくれよ。僕は自分の役割を恥じて赤くなったりしないし、後悔もしていない。心から重荷を下ろすことができて、むしろ晴れ晴れとしているよ。僕は幸せだ。ああ、君に感謝するよ！」

シトリッツは、オリガの持ち村に一緒に行こうと誘うが、オブローモフは、それはできないと断る。

「羨ましくなるのが心配なんだ。君たちの幸せは僕にとって、自分の苦い打ちのめされた人生を常に映し出す鏡になるからね。でも僕はもう他の生き方をするつもりもないし、できないんだよ」

シトリッツは話題を変え、オブローモフカ村の改造・改築がいかに進んでいるかを語る。その後、食事になったが、シトリッツは粗末な料理に手をつけない。オブローモフはウォトカをガブ飲みし、羊肉を貪り食いながら、「これは全部アガフィアのお手製なんだ。素晴らしい女性だよ！　あの人なしで田舎暮らしなんか、とってもできないね。あんなアガフィアさんは、探そうにもみつかりゃしないよ」と手放しで褒め讃える。

そのうちに、オブローモフは、アガフィアに一万ルーブルの借金があることをもらす。

シトリッツは仰天して、アガフィアがイリヤから何もかも搾り取っている、とんだ食わせ者だと思い、アガフィアに直接問い質す。アガフィアは、一万ルーブルの借金も、借用書も全く知らないと言い、それを聞いている内にシトリッツは、この借金の話はアガフィアの兄が仕組んだ詐欺行為なのだと察しがつく。

翌日シトリッツは、アガフィアから、オブローモフにはいかなる金額も請求していないという証書を取り、それを持ってアガフィアの兄イワンを訪ねた。

イワンはあくまでもしらを切ったが、次の日に役所に行くと、上司閣下から呼び出された。その日の晩、イワンは例の居酒屋でタランチエフと話し合った。実はシトリッツはその閣下と「君、おれ」と呼び合う親しい間柄で、閣下はイワンに役所の退職を命じたのだ。タランチエフはさらに悪知恵を働かせ、オブローモフがアガフィアとどんなパイを食べているか、つまりはよろしくやっていることを掴んで訴えてやろうと言い出した。

シトリッツは何とかしてオブローモフを田舎に引越しさせようとしたが、オブローモフはペテルブルグの生活を畳むのに一月はかかると言う。

「ところであのおかみだがね、君は彼女とどういう関係なの？」とシトリッツは訊ねた。「君は彼女についてやけに熱っぽく話していたから、僕は、君が彼女を……」

「愛しているとでも言いたいのかい！　とんでもない！」

「それじゃもっと悪いよ。もしそこに精神的なものが無くて、ただ……」

「アンドレイ！　君は僕が不道徳な人間だと思うのかい？」

シトリッツは、とにかく気をつけて落とし穴に落ちないように、と言い残して立ち去った。

その晩、早速タランチエフが、イワンが退職させられた件で文句をつけようと、オブローモフのところにやって来て「借金したなら、ちゃんと払え」と毒づいた。

するとオブローモフは、「いいかい、タランチエフ君、君の勝手な作り話はごめんだね。僕は長いこと、怠惰と呑気のせいで、君の言うことを聞いてきた。君にもせめて良心のかけらでもあるかと思っていたんだが、君にはそれも無いね。君は古狸とぐるになって僕を騙そうとした。二人の内どっちがより質《たち》が悪いのか、それは知らないがね、二人とも僕にとっては醜悪極まりない汚らわしい存在だ」

タランチエフが、反省するどころかシトリツを「あのいかさまドイツ人め」と罵ると、オブローモフはパシリと大きな音を立てて、タランチエフの頬にビンタを食らわせた。

まさかオブローモフがこんな行動に出るとは思いも寄らなかったタランチエフは、這《ほ》う這《ほ》うの体で逃げ出し、以後、二度と姿を現すことはなかった。

シトリツは数年間、ペテルブルグには現れず、クリミアの南海岸で暮らしていた。自分の仕事がオデッサであったことと、オリガの産後の健康回復のためだった。

オリガはアンドレイが出先から帰って来ると、その姿を遠くからみつけ、階段を駆け下り、立派な花壇や長いポプラの並木道を駆け抜け、夫の胸元に飛び込むのだが、いつも喜びのあまり頬を染め、目を輝かせ、結婚してから一年や二年ではないのに、常に変わらず待ちきれぬような幸福の情熱に満ちていた。

シトリツの人格は、その枠組みはドイツ人の四角四面の父親から受け継いだものであったが、心の純粋さと純潔は母が注意深く守ってくれた。そして大学、書籍、社交界など——これらすべてのおかげでアンドレイは、父によって輪郭を刻まれた直線の軌道から外れてゆくことができた。ロシアの生活が、目に見えぬ模様を描き、色の無い一覧表を鮮やかな広大な絵画に作り変えていった。

若者として、彼は本能的に自身の新鮮な力を大切にしていたが、やがて、この新鮮さが活気と快活さを生み、あの勇壮さを形成するのだと、早い内に悟るようになった。その勇壮さの中で魂は鍛えられ、人生がどんなものであれ、それを目の前にして蒼ざめたりせず、人生を重い枷や十字架とみなすのではなく、単なる義務とみなし、闘う価値がある相手とみなすのだ。

シトリッツは恋愛や結婚についても考えてみた。よその夫たちの中には、恋愛とは結婚生活の初期段階としてさっさと通り過ぎ、なるべく早く仕事にとりかかれ！　とばかりに人生の春を性急に肩から厄介払いしてしまう者もいる。大半の夫たちは領地でも手に入れるように結婚生活に入り実質的利益に惚れ惚れとするのだ。妻とは、家庭により良き秩序をもたらし、主婦でもあり、母でもあり、子供たちの教師でもあるのだ。

シトリッツは、自身の将来の恋愛の対象としての女性像を漠然と思い描いてみたこともあったが、成長し成熟したオリガの中に、花開いた美の華麗さのみならず、人生に立ち向かう準備ができている力と、人生を知り人生と闘いたいと渇望する力を見出したとき、彼の中にずっと昔のほとんど忘れてしまっていた愛の像《すがた》が立ち現れ、その像をとったオリガを夢見るようになった。

シトリツは、時折オリガの中に並々ならぬ知性やものの見方の特性が瞬いたり彼女に嘘偽りがなく、誰からもちやほやと崇められることなど求めておらず、感情を表すにしても抑えるにしても、それは極く単純で自由であり、他人からの借り物は何一つなく、すべてが自前のものであり、その自前のものが大胆、新鮮かつしっかりしたものであるのを見ていると、こうしたものを一体彼女はどこで手に入れたのだろうと、不思議な気がした。

オリガは、伯母はいたものの、ほとんど一人きりで自分の道を歩んでおり、真新しい道に自身の知恵や見方、感情によって独自の轍を刻んでゆくことになっていた。

オリガは『私は幸せだわ！　どうしてこんな運命に恵まれたのかしら？』と思った。

何年もが過ぎ去っても、二人は生きるのに倦むことはなかった。二人の元では何もかも調和が取れて静かだった。ただし、二人は居眠りもしなかったし、退屈して無気力になったりもしなかった。

シトリッツは仕事についても何から何までオリガに話すし、何でも二人で話すことにしていた。

オリガの指摘、忠告、賛同ないし不賛成は、シトリッツにとって不可避のテストとなった。彼はオリガが自分と同じように理解し、自分に負けぬほど頭を働かせ、考察できることがわかった。ザハールは、自分の女房のそうした能力に腹を立て、大多数の夫たちも腹を立てるものだが、シトリッツは幸せだったのである！

彼はオリガに経済理論から社会や哲学の諸問題まで話して聞かせ、彼が話し読み聞かせ描いてみせたものすべての中から、何かしら有益な一滴がオリガの生活の明るい底に一粒の真珠のように落ちると、シトリッツは誇らしさと幸福で身が震えるのである。

これだけ幸せでありながら、人間とは奇妙なものだ！　オリガは幸せに満たされれば満たされるほど、もの思いに沈み、臆病にさえなっていった。彼女は自身を厳しく観察し、自分を困惑させているのは、生活の静けさと幸せの瞬間に自分が歩みを止めることなのだとわかった。それで無理やりあくせくした生活をするように心がけたが、気持ちは晴れなかった。

オリガは、どこかオブローモフの無気力にも似た状態に陥るのを恐れていたのだが、あたかも人生の休息とでも言うべきもの思いに沈んだ停止、やがて困惑、恐れ、悩み、漠然とした憂鬱は続いた。

そしてついに夫とこの悩みについて語り合うことになった。シトリッツに「どこか具合が悪いの?」と問われ、オリガは「私は不幸せでもないし、退屈なわけでも病気というわけでもないの……ただ、憂鬱なの……。急になんだか気が塞いでしまって、人生って全てが満たされるわけじゃないんだわ、という気がするのよ……時々心配になるの。今の生活が変わってしまう、終わってしまうのじゃないかしらって……でもこの憂鬱もそのうち過ぎ去って、また明るく楽しい気分になるわ」

シトリッツにはオリガがなぜ抑鬱的な気分になるのか、はっきりした理由はわからなかったが、少し考えた末、「僕が思うに、君は成熟して、人生の成長が止まり、いろいろな謎が無くなって明らかになる時期に差し掛かったんじゃないかな」

「あなた、私が老け込んだっておっしゃりたいの?」

「いや、君の憂鬱はむしろ力の兆候だよ……生き生きした苛立つほどの知性の探求に、時にはむろん答えがみつからないときもある。すると、憂鬱が現れるのさ。それは、人生にその神秘について問いかける心の憂鬱だよ」

「私は幸せで幸福は溢れそうなのよ。生きたい気持ちでいっぱいなのに……急にそこへ何か苦《にが》くて苦しいものが混ざりこんでくるのよ……」

「ああ！　それはプロメテウスの火に対する報復だね。何でもないよ。それは、有り余るほどの生の過剰、贅沢で、幸福の頂点でよく現れるものさ。強固な気持ちで身を固め、辛抱強く根気よく自分の道を進んで行けばいいんだよ。頭を低くして、困難な時をおとなしく耐え忍んで行こう。そうすればやがて再び人生や幸せが微笑みかけてくれるよ」

女性たちの大半は、嫁に行ったら、夫の良い資質も悪い資質も従順に受け入れる。オリガは、こうした運命への従順な服従の論理を知らなかった。

しかし今、彼女はアンドレイを自覚的に信頼していたし、彼の中に、男性の完璧な理想像が具現化していた。

シトリツも、枯れることのない春が咲き誇っている満ち足りた、わくわくする自身の人生に心から幸せを感じていた。それにつけてもオリガがすんでのところでオブローモフと共に破滅の人生を歩むところだったことを思うとぞっとし、思わずあるとき「可哀そうなイリヤ！」と呟いた。

二人はオブローモフが今どうしているかと話し合う。「春になったらペテルブルグに行って自分たちの目で確かめてみよう」とシトリッツが言うと、オリガは「確かめてみるだけじゃ足りないわ。何から何までしてあげなくちゃ……私たちが一緒に連れて来ましょう」と言う。

「そんなの切りがないよ」

「もしあなたの彼に対する友情が消えてしまったのなら、人間愛からでも彼の面倒を見てあげなくちゃ。あなたが疲れてしまうと言うなら、私は一人でも行って、彼を連れてでなければ外へは出て来ません」

「君は昔のように彼を愛しているんじゃないだろうね？」

「いいえ！　私は昔のように彼を愛しているわけではありません。でも、彼の中には、私が愛する何かがあるのよ」

「彼には他の人たちに負けないくらいの知性もあるんだが、それがありとあらゆる役立たずの屑に圧し潰されて埋もれてしまっていて、怠惰の中で眠りこんでいる。どうして彼が君にとって大切なのか、何のために君は彼を愛しているのか、教えてあげようか？」

オリガは同意のしるしに頷いた。

「彼の中にある、どんな知性よりも大事なもの、正直な誠実な心のためだよ！　彼の周りでありとあらゆるヤクザな屑だの、悪事だのが、大海のように波打っていても、世界中が毒に害されてひっくり返っても、オブローモフは決して嘘偽りの偶像に頭を下げたりはしない。彼の心の中はいつだって清らかで明るく誠実だ……。それはクリスタルのように透明な魂なんだ。あんな人物は滅多にいない。群衆の中の真珠だよ！　それにすっかり忘れていたけれど『鳩のような優しさ』もあったね」

オリガはオブローモフの柔らかい眼差し、従順さ、それに別離のとき、彼女の非難に応えた彼の情けない、恥ずかしそうな微笑を思い出し、ほんとうに彼が可哀そうになった。

「あなた、彼を見捨てないでね」

「決して！」とシトリッツは答えた。

ヴィボルグ地区のプシェニツィナの家は、すべてが満ち足りて平和と静けさに包まれていた。

アガフィアは、一日中せっせと働いていたが、オブローモフはひがな一日自分の部屋の長椅子に横たわったまま、アガフィアの剝き出しの肘が忙しなく動くのに、惚れ惚れと見とれていた。

アガフィアは自身の人生の絶頂期にあった。いまだかつて一度もなかったほど、充実した生き方をしていたが、それを口に出して言うことはできなかったし、むしろそんなことは思い浮かびもしなかった。彼女はただ神様にどうかイリヤ・イリイチが長生きしますように、悲しみや怒りや貧困を免れますようにと、祈っていただけだが、彼女の顔は、常に完全な幸福と満足に輝いていた。

オブローモフ自身は、この平安、満足、平穏無事な静けさを完全かつ自然に反映・表現した存在となっていた。彼は、自分にはこの先行くべきところも、探し求めるものもなく、彼の人生の理想は実現したのだと、とうとう決め込んでしまった。

たとえそこに詩はなく、かつて想像力が彼に描いてみせた生まれ故郷の村で百姓や召使たちに囲まれた、地主らしいゆったりのんびりした人生の流れの輝きはないとしても。彼は現在の自分の日常をオブローモフカ村的生き方の延長だとみなしていた。ここでも楽々と生活から切り離されていられるし、何者にもかき乱されることのない平安が保証されている。

　彼は、しつこく人を苦しめるあれこれの要求や脅しから逃れ、大いなる喜びが稲妻のように光ったり、大いなる悲しみがだしぬけに炸裂したりする地平から逃れられたことを内心喜んでいた。その地平では、偽りの希望や壮大な幸福の幻影が踊ったり、自身の思想や情熱に人間が苦しめられ、いつも傷つき不満を抱えたまま、絶え間ない闘争の中で人間が負けて戦場から立ち去るのである。彼は、闘いの中で得られる快感を経験せぬまま、頭の中でそれを退け、活動や闘争や生活とは無縁の忘れ去られた片隅にのみ引き籠り、心の平安を感じていた。

　それでも彼の想像力の中に忘れていた思い出や叶わなかった夢が蘇り、こんな風に過ごしてしまった人生を良心が責めると、彼は安眠できなくなり、目覚めては、寝台から飛び起きて、涙を流すこともあった。

　やがて自分の周辺を見回し、折々の幸福を噛みしめると、気持ちが落ち着き、静かに穏やかに真っ赤に燃えた夕陽が沈んでいくのを感慨深く眺めているうちに、とうとう自分の人生は、人間存在の穏やかな面を理想的に表現するために単純に創造されたに違いないと決め込んでしまった。

他の人たちは、彼の考えでは、人生の不安な面を表現するために創造されているのであり、各人にそれぞれの使命があるのだ！

オブローモフはアガフィアやその家族とそれなりに楽しい生活をしていたが、好きなだけ食べて、ほとんど運動も労働もしなかったため、ある日突然、脳卒中の発作に襲われた。しかし、アガフィアの必死の看病と食事療法と、アガフィアの息子ワーニャの肩に掴まりながらの運動のおかげで少しずつ回復した。

ところで部屋の中には、子供用の椅子があり、そこに三歳ぐらいの子供が座っていた。その子は「アンドリューシャ」と呼ばれており、オブローモフは愛おしそうに可愛がっている。

あるとき、オブローモフは、静かに沈黙とも、もの思いとも言うべきものの中に身を沈めた。それは眠っているとも目覚めているとも言い難いときで、時々人は、いつかどこかで経験したように思われる短いもの思いに耽ることがある。今、目の前で起こっていることは夢の中で見たことなのか、それともいつか体験したけれど忘れてしまったことなのか、かつて彼の周りにいたのと同じ人々が同じ言葉を語っている。

彼は、微睡んでいるような様子で、気だるげにアガフィアの顔を眺めていると、記憶の深みから、よく知っている、どこかで見かけた姿が浮かび上がった。両親の家の大きな暗い客間と丸いテーブルを囲んで席についている亡き母とその客たちの姿だ。

彼は、蜜と乳の川が流れ、誰もが働かずともパンを食べ、金銀の衣を纏っている約束の地に到達したという夢を見る。乳母にしがみついて、彼女の年老いた震え声に耳を傾けると、乳母はアガフィアを指さして、「ミトリサ・キルビチエヴナ！」[6]と言った。

客が来る気配がする。「アンドレイだ！」でもそれは、少年ではなく、大人のアンドレイだ。目の前に立っていたのは、幻影ではなく、本物のシトリッツだった。

足かけ五年ぶりの再会で、シトリッツは、オブローモフが卒中の後遺症で左足が不自由であることを知るが、「とにかくこの穴から、沼から抜け出して、世間へ出よう、

6　51ページの注18参照。

僕とオリガの村へ行こう。

オブローモフは「過去をつついて思い出させないでくれよ。どうせとり戻せやしないのだから！　君が僕を引き込もうとしている世界とは、僕は永久に別れてしまったんだ。何もかもよくわかっているんだ。僕はもう大分前からこの世に生きてゆくのが恥ずかしいんだよ！　それでもやっぱり君の行く道を一緒には歩けないんだ。今ではもう手遅れなんだ。僕は君の友情には値する人間だ──それは神様がご存じだ。でも、君があれこれ奔走してくれるだけの価値はないんだよ」

シトリッツは「馬車の中でオリガが待っているのだから、君をどうしてもここから連れ出さなくては」と言うのだが、オブローモフは頑として受け付けない。そして、アガフィアは彼の妻であり、あの小さな男の子は「僕の息子だ！　彼の名前はアンドレイ。君にあやかってね！」と言う。

シトリッツの目の前にぽっかりと奈落が口を開け、焼けるような憂愁を感じた。それは、友と別れた後、心配しながら急いでその友人に会おうと探していたのに、その友人はもうとっくに死んでいたことを知ったような気持ちだった。

『彼は死んでしまったのだ！　オリガに何と言おうか？』

オブローモフとシトリッツは無言で抱き合った。「僕のアンドレイを忘れないでくれ」オブローモフは消え入りそうな声で最後に言った。

『いや、決して忘れないよ』シトリッツは悲しい気持ちで思った――『イリヤ、君は破滅してしまったのだ。君にはもう言っても無駄だね。君のオブローモフカ村はもう片田舎じゃないこと、あそこにも陽の当たる順番が来たことも！

君には言わないよ。四年もしたらあそこには鉄道の駅ができるし、学校も教育も始まることも。でも、君が行けなかった所に君のアンドレイは連れて行って、一緒に僕らが若かった頃に抱いた夢を実現するよ』

馬車の中で待ちかねていたオリガの「あちらはどうなっていたの？」という質問に、シトリッツはただ「オブローモフシチナだよ！」と陰鬱に答えるばかりだった。

五年ほどがたった。オブローモフは、近くの墓地の質素な墓石の下で、灌木の茂みと静寂の中で安らかに横たわっていた。友の手で植えられたライラックの枝が墓を見下ろすように微睡み、ヨモギが穏やかな香りを放っている。まるで静けさの天使自身が彼の眠りを守っているようだ。

彼を愛する妻の目が毎秒毎秒いかに注意深く見守っていても、永遠の安らぎと静寂が、毎日毎日のろのろと近づいて来て、静かに生命の機械を止めたのである。イリヤ・イリイチはどうやら痛みも苦しみもなく、あたかもネジを巻き忘れた時計が止まるように亡くなった。

何度か発作を繰り返しては回復していたが、次第に口数も少なくなり、もの思いに沈み、時には泣いていることさえあった。死が近いことを予感して、死を恐れていたのである。

アガフィアが寡婦となって三年が過ぎた。彼女はオブローモフの寡婦、地主夫人のはずなのに、簡素な暮らしで、昔に戻り、兄夫婦と同居していた。前の結婚による二人の子供はそれぞれ独立し、オブローモフの忘れ形見のアンドリューシャは、シトリツとオリガの元で養育されていた。アガフィアは、上の二人の子供とアンドリューシャの人生は別物だと考えていた――何しろアンドリューシャは貴族の坊ちゃんなのだから！

それゆえ、シトリツが彼の養育を申し出たとき、アガフィアは言われるがままに、むしろ喜んで同意したのである。

オブローモフが亡くなって半年は、彼女は悲しみに暮れる毎日であった。

やがて生々しい悲しみを思う存分泣いて和らげると、喪失について、意識を集中させるようになった。幼いアンドリューシャ以外のことすべては、彼女にとって死に絶えてしまった。

彼女は、自分の人生は既に演奏も輝きも終えてしまい、神様は彼女の人生に魂を吹き込んだものの、それを再び抜いてしまったこと、彼女の人生において太陽は輝いたが、もはや永久に消えてしまったことを悟っていた。たしかに永久になのだが、その代わり、彼女の人生にも永久に意味が与えられた。今では、自分が何のために生きていたのか、生きていたのは無駄ではなかったことを彼女は知っていた。

彼女は十分にそしてたっぷりと愛したのである。オブローモフを――恋人として、夫として、そして旦那様《バーリン》として。しかしそのことは、以前同様、誰にも語ることはできなかった。彼女の周辺では誰も彼女の話をわかってくれないだろうし、彼女自身、語るべき言葉をみつけられなかったからだ。

彼女の人生全体に、まるで一瞬のように飛び去った七年間が、光線を、静かな光を溢れんばかりに投げかけていたので、彼女はもはや何も要らなかったし、どこへ行きたいとも思わなかったのである。

ただ冬にシトリツが村から出てくると、いつもアンドリューシャに会いに行き、オリガと共に泣いてしまうのだ。

彼ら三人すべてを結びつけたのは、共通の共感、クリスタルのように純粋な故人の魂に関する同じ一つの記憶であった。

シトリツとオリガは、アガフィアも一緒に田舎で暮らすように、何度も説得しようとしたが、無駄だった。オブローモフの領地から上がるお金も、アガフィアは、「それは私の物ではありません。あの子は『旦那様』なのですから、あの子のために使ってください」と固辞するのだ。

ある日のお昼頃、ヴィボルグ地区をシトリツとその友人の文学者が歩いていた。文学者は、いったい人はどのようにして物乞いというものに成り下がるのか、それが知りたいと言う。シトリツは、そこらにいる一人を摑まえて話を聞こうと言い、偶々捉まえたのがザハールだった。

ザハールはアガフィアの家から兄イワンやタランチエフによって追い出されてしまった。いまどき読み書きもできない役立たずのザハールはどこでも雇ってもらえない。ザハールは今日もオブローモフの墓参りをしたと言い、「イリヤ・イリイチさまは人を喜ばせるために生きていらした。あの方には百年生きてもらいたかった。あんな旦那はとてもみつかるもんじゃない。あなたのことを、それはそれは愛していなさった」と言う。

ザハールの話を聞いた文学者は、「イリヤ・イリイチとは何者だい？」とシトリッツに訊ねた。

「オブローモフさ。君には何度も彼について話しただろ。破滅してしまった。何のためでもなく、むざむざ死んでしまったのだ。他人より頭が悪かったわけでもないし、魂は清純でガラスみたいに一点の曇りもなかった。上品で優しかったのに、破滅したのさ！」

「一体どうして？」

「オブローモフシチナさ！」

「それは一体何なんだい？」

「今話して聞かせるよ。君はそれを書いたらいい。ひょっとすると誰かの役に立つかもしれない」

そしてシトリッツは、今ここに書かれたことを物語ったのである。

解説

田園詩的故郷——オブローモフカ村

安岡治子

ロシア人の気質を語るうえで、『オブローモフ』ほどしばしば言及される作品はないだろう。農奴制が崩壊する前の地主貴族の家に生まれ、三百人の農奴にかしずかれて「旦那《バーリン》」となったイリヤ・イリイチ・オブローモフは、稀代の怠け者として、ロシア人なら誰一人として知らぬ者はいない。

わずか三十二、三歳にして、徹底的な怠惰と無気力に陥っているオブローモフは、朝、目覚めても、寝床から起き上がるだけの気力も湧かぬまま、夕陽が沈むのを虚しく見送ることも珍しくない。自分はどうしてこのような人間になってしまったのだろうか、と思いながらうつらうつらと微睡むうちに、オブローモフが見るのが「オブローモフの夢」である。

「オブローモフの夢」は、『オブローモフ』の作品全体の完成に先立つこと十年、一八四九年に発表された。この時点でゴンチャロフはおそらく小説の全体像も凡《およ》そのことは思い描いていたものと思われるが、いずれにしても後に小説『オブローモフ』の第一部第九章となる「オブローモフの夢」が、全体からは独立して真っ先に書かれたものであることは、特筆しておく必要がある。

著名な作家たちも、『オブローモフ』全体に対する評価が必ずしも高くない場合でさえ、「オブローモフの夢」に対しては絶賛を惜しまない。例えば、サルトゥイコフ＝シチェドリンは、「『夢』は並々ならざる作品だ」（一八五九年書簡）と述べており、ドストエフスキーは、作家についての小説を構想中に（一八七〇年）「『オブローモフの夢』のような詩的なイメージ」を盛り込みたいと、創作メモを書き残している。アポロン・グリゴリエフは、作品全体が、先に発表された章に付け加えたものは、本質的には何もなく、「新たに叙述されたものは全て、『オブローモフの夢』の中でとうの昔に述べられていたものだ」とさえ言っているほどである。これは言い過ぎだとしても、著者ゴンチャロフ自身も「この章は、小説全体の鍵であり、前奏曲である」と書いているのだから、「オブローモフの夢」は『オブローモフ』という長編小説《ロマン》を支える土台であり、タイトル・ロールである主人公を生み出した世界がいかなるものであったのか、それを物語っている重要なテクストであることは間違いない。[1]

オブローモフの生まれ育った故郷のオブローモフカ村の描写は田園詩的なものである。メレシコフスキーが『オブローモフ』の描写をホメロスの叙事詩に譬えたことは有名だが、『オブローモフ』、わけても「オブローモフの夢」には、古代ギリシャの詩人が持っていたゆったりとしたのどかな牧歌的日常が描かれている。そこでは、風景も気候も穏やかで丸みを帯びており、鬼面人を威《おど》すようなものは何一つない。彼らの暮らしは昨日に続く今日、今日に続く明日が、先祖代々、子々孫々、平凡に変わりなく穏やかに流れていくのだが、その平凡な毎日がそれぞれ楽しい祝祭であり、その人生の果てにやって来る死でさえも、それは少しも恐るべきものではなく、この世の生をそっと締めくくる静かな終末なのである。

ミハイル・バフチンは、田園詩的意識の特性として「生まれ故郷の山、谷、野原、

---

1 *М.В.Отрадин.* 《Сон Обломова》 как художественное целое. // Проза И.А.Гончарова в литературном контексте. Санкт-Петербург. Издательство Санкт-Петербургского университета. 1994. С.72 - 93.

川、森、家に本質的に密着し、連結されていること」をあげ、「田園詩的な生活およびそこにまつわる出来事は、父、祖父が暮らし、子や孫が暮らすことになるこれらの具体的な空間の一隅からは切り離し難い。この小さな空間世界は、自己充足し、本質的にその他の場所からは区切られている」と述べている。[2]

オブローモフカ村は、まさにバフチンのこの説明どおりであり、村の百姓たちは秋の収穫期に穀物をヴォルガ河の桟橋に運んでいくのだが、ほとんどの者にとっては、せいぜいそこまでが彼らの世界であった。それより先の世界は彼らにとって関心の埒外であり、外の世界からのものは何であれ極端に恐れている。

たまに手紙が一通来ても、あたかも爆弾でも仕掛けられているかの如く、誰もが手で触れることさえ躊躇い、こわごわと放置し続け、下手をするとそのまま数年がたってしまうことさえある。余所者が侵入して来ようものなら、たとえその人が怪我か病気で行き倒れたのだとしても、皆で遠巻きにしてつつき回した挙句、「打っちゃっておけ」と置き去りにして見捨ててしまう。

一方、自分たちの共同体の和は何よりも大事で、それは特に食に傾ける情熱を中心に、旦那方から使用人の末端に至るまで、食は共通の一大関心事である。メニュー作りから皆で知恵を出し合い、丹精こめて先祖伝来の手の込んだ料理を作り、祝日に焼く巨大な肉入りパイなどは、何日もかけて主人から女中たち、果ては荷馬車で毎日水汲みに行く下男のアンチープにまで下賜され、アンチープはもう中身の詰め物など何も残っていないコチコチに硬くなった皮だけを、それでも有難く頂戴し、オブローモフカ村の一員として全員と共同の食卓を囲む喜びを味わうのである。

この村の住人たちのもう一つの特徴は、西欧近代の特性である合理精神を著しく欠いている点である。先の手紙への対応もさることながら、屋敷の外側に付けられた回廊が半壊したときも、入口前の階段がぐらついていることにも、皆、おろおろするばかりで、即座に有効な手立てを講じるということが全くできない。

それでいて皆、大した不自由も感じないようで、生活を積極的に改善していこうという気概を誰一人もち合わせていないのである。

オブローモフカ村は、ギリシャ古代の田園的理想郷、アルカディアに似た牧歌的夢想の地であり、「閉ざされた都市」のイメージのあるユートピアとは異なるが、理想

2　*М. Бахтин.* Вопросы литературы и эстетики. М. Художественная литература. 1975. С.374 – 375.

郷とは、多かれ少なかれ、そこに在住している住民にとっては、何の疑問の余地もなく、何もかもがこのままで良いと思われる場所である。しかし、それは他者の視点で見ると、どこかおかしい、かなり滑稽で不自然な物事が行われている場所であることが多い。オブローモフカはそうした場所であり、その描写は田園詩的なものである一方、語り手の諷刺的な眼差しもそこここに見られる。

そこに何千年も昔から続く黄金時代の名残を見るか、あるいは語り手の諷刺的な眼差しを見るかにかかわらず、オブローモフカ村が、十九世紀半ばの西欧文明からは取り残された異質な世界であることは間違いない。そもそもオブローモフの名前の由来の一つである、「オブローモクобломок」という単語は、「遺物、名残」を意味するものなのだから。

ところで、「オブローモフの夢」は、先にも述べたように、長編『オブローモフ』全体に先立ち、一八四九年に発表されたのだが、その後、ゴンチャロフは、一八五二年から一八五四年にかけて、プチャーチン提督付きの秘書官として、世界周航に参加し、幕末の長崎、琉球を訪れている。その旅行記は、『フリゲート艦パラーダ号』としてまとめられ、一八五八年に刊行された。

興味深く思われるのは、琉球に関する描写に、オブローモフカ村を彷彿させる点があることである。

「これは蟻塚か、さもなければ実際に牧歌の国であり、古代人の生活の一断片なのだ。あらゆるものが生まれたまま何千年にも亘って姿を変えていないように思われる。ここでは二千年前と同様に、何の変化もなく人が暮らしているのだ。人も、情熱も、仕事も——全てが素朴で単純で原始的である。自然には依然として美と安寧がある。書物も、火薬も、その他のそれに類する堕落も存在しない。今後どういうことになるのか、注目しよう。果たして新しい文明がこの忘れられた古代の片隅に触れることはあるのだろうか？[3]」

新しい文明は既に琉球に到達せんとしていた。ゴンチャロフのこの記述の直前にペリーが立ち寄り、米国が「この諸島を自国の保護下に引き取った」という書面を残していたのである。

3 ゴンチャローフ著、高野明、島田陽訳『日本渡航記』、雄松堂書店、一九六九年。五三六～五三七頁。

十九世紀半ばの西欧文明人の一員の常として、ゴンチャロフは、進化や文明は、いずれあらゆる民族が歩まざるを得ない、また歩むべき道であると考えていたようだが、世界の各民族はさまざまな発展段階にあり、未だ「幼年時代」や「眠り」の状態で停滞している者たちもおり、オブローモフカ村や琉球はそうした例として描かれていたように思われる。

オブローモフシチナ（オブローモフ病）とは何か

こうしたオブローモフカ村で育ったオブローモフは、怠惰と無気力の権化となって我々の前に登場するのだが、このオブローモフの気質、生活態度を、幼馴染みでありながら全く対照的な、何事にも積極的な気質を持つシトリッツは、「オブローモフシチナ」と名付ける。「シチナ」という語尾は抽象名詞を形成するものだが、否定的なニュアンスを持つ。「カラマーゾフシチナ」は、カラマーゾフ家独特のおどろおどろしさを表し、「エジョフシチナ」は、スターリンの内務大臣エジョフの時代に苛烈を極めた粛清のおぞましさを表すのである。それゆえ、オブローモフシチナを日本語に訳すなら、単なる「オブローモフ気質」ではなく、「オブローモフ病」とでもするべきなのかもしれない。

『オブローモフ』が一八五九年に発表されて間もなく、革命思想家ドブロリューボフによって「オブローモフシチナとは何ぞや」というかなり長い論文が発表された。[4]ドブロリューボフは、ゴンチャロフの創作の特性として、「飛び去りゆく生活の現象を完全な姿と新鮮さのままに、ある瞬間に止めおくことができる点」、さらに「詩的世界観の平穏さと充実」であるとしており、事物の平穏・詳細な描写力を高く評価している。しかし、オリガとの恋愛とその破局以外、これといった事件の展開もないこの小説を長ったらしく退屈に思う読者もいるかもしれないと述べ、オブローモフの「怠惰と無気力《アパシー》」がこの小説の唯一の原動力であるとしている。この「怠惰と無気力」、そしてロシアの生活の多くの現象を解く鍵として、新しい言葉――オブローモフシチナが紹介される。

オブローモフが靴下さえ自分で履くこともできないほどの不精者になり、無為と遊

4　ドブロリューボフ著、金子幸彦訳『オブローモフ主義とは何か?』、岩波文庫、一九七五年。

惰に時を過ごす「旦那」と成り果てたのは、幼い頃から甘やかされてきた養育の仕業に他ならない。農奴制の下、幾多の召使にかしずかれ、何一つ自分で行う必要がないように育てられた挙句、オブローモフは温室のガラスの中で育てられた異国の花のように、のろのろと力なく育ち、やがて萎えしぼんでしまったのだ。彼はあれこれ空想することは好むのだが、それが現実と接触する瞬間をひどく恐れ、現実の行動は何一つ起こすことができない。

ここでドブロリューボフは、こうしたオブローモフの性格の特性が、ロシアの多くの小説の主人公たちに共通のものであるとして、（プーシキンの）『オネーギン』、（レールモントフの）『現代の英雄』のペチョーリン、（トゥルゲーネフの）『ルージン』などの名を挙げる。彼ら全員にオブローモフ的気質（オブローモフシチナ）が見られ、読書にも身が入らず、たとえ勤めに出たとしても早々に退職してしまう。

女性に対しては、オブローモフシチナの持ち主は皆、恥ずべき振る舞いをする。彼らは他者を愛することが全くできず、人生の中に何を求めたらいいのかを知らないのと同様、恋愛の中に何を求めるべきかを知らない。オネーギンもペチョーリンも、女性のために己の自由を失うことを恐れ、逃げ出す。オブローモフとオリガの関係は他の主人公たちの場合と多少異なる点もある。オブローモフは、結婚そのものには、家父長制的習慣を持っているので、ペチョーリンやルージンほどは恐怖を抱かなかったが、オリガが、領地経営を立て直すようにと、彼に決断と行動を求めたために、やはり怖気づいた。

そして、気力を奮い起こし、オリガに長文の手紙を書くのだが、そこでは、オネーギンもルージンもペチョーリンも書いた、使い古された同じ文句を繰り返すことになる。「あなたが愛しているのは僕のことではありません。あなたの言う『好きよ』は、現在の愛ではなく、未来の愛なのです。あなたは勘違いしたのです。あなたの目の前にいるのは、あなたが待っていた、あなたが夢見ていた人ではありません。ちょっと待ってごらんなさい。そういう男性が現れますから」オブローモフシチナの持ち主は、いずれも女性の前で自身を卑下したがるのだが、それは相手からの称賛の言葉を聞きたいがための偽りの姿勢であり、しかも、結局は、自身より人格や教養において高い女性からは逃げ出してしまう。

彼らに共通のオブローモフ気質とは、無為徒食とこの世における完全な不必要性であり、すなわち彼らは皆「余計者」なのである。

彼らに共通するのは、皆、揃いも揃って、生活の中に根を張った仕事、行動というものが欠落しており、高尚な思想を志向しているようなことを語るのだが、それはもっぱら言葉のみであり、その実、志向しているのは、誰にも掻き乱されぬ安穏、つまりはガウンなのである。

ここでドブロリューボフは、「オブローモフシチナとは何ぞや」の冒頭にエピグラフとして掲げられたゴーゴリの『死せる魂』の一説にある「前進！」という言葉に再び言及する。

「ゴーゴリがあれほど夢想し、ルーシがあれほど長年に亘り待ち焦がれた全能の一語『前進！』を発し、この連中をついに動かすことができるのは、いったい誰だろうか？」

ドブロリューボフの考えによれば、それはシトリッツではない。むしろオリガの率直さ、聡明さ、意志力、行動力の中にその可能性を見出しており、オリガこそが、オブローモフシチナがいかなる仮面を被っていようと、それを見抜き、仮借なき裁きをそれに対して下す者であるとしている。

オブローモフとシトリッツ——その人生観の差

　ドブロリューボフの言うように、「前進！」をほんとうに達成できるのはオリガなのだとしても、この作品でオブローモフとは明らかに対照的な人物として描かれているのは、シトリッツである。そこでまずはシトリッツの特性をオブローモフと対比する形で確認しておきたい。

　アンドレイ・シトリッツは、父親がドイツ人であるため、半分は西欧の先進国の血を譲り受けており、その資質はオブローモフとは悉く異なり、全く正反対と言っても差支えない。ロシア各地のみならずヨーロッパにも気軽に足を延ばして活躍する実業家であり、強い意志力と理性で為すべきことは即座に実行する活発な行動派である。

　そのシトリッツから見ると、無為と怠惰の泥沼に陥っているオブローモフは、何としても一刻も早く救済しなければならない存在であり、「今やらなきゃ二度とできないよ」と叱咤激励するのだが、そもそも二人の抱いている人生観はまるきり異なっている。

オブローモフは、昔ながらの旦那《バーリン》としてゆったりと夢想に耽りながら豊かな自然の中で穏やかな日常を営むことを望んでいる。その彼の理想を聞いたシトリッツが「いやあ君は詩人だねえ」と言うと、オブローモフは次のように答える。「そうさ、人生の詩人だよ。何しろ人生は詩だからね」ところがシトリッツは「そんなのは、人生じゃない！　それは……何て言うか、オブローモフ流の生き方（オブローモフシチナ）だよ」と真っ向から否定するのである。

一方オブローモフも、シトリッツの主張には反駁する。シトリッツが、オブローモフも若い頃はロマン主義的理想を持っていたし、外国にもあちこち出かけたいと言っていたのに、と非難すると、オブローモフは、「誰がアメリカやエジプトなんかまで行くもんか！　イギリス人なら行くかもしれんがね」と撥ね退ける。

彼の反論の対象は、外国旅行ばかりではない。「いつだって互いに先を競って奔走したり、ろくでもない情熱、わけても貪欲さのゲームにとり憑かれ、互いに出し抜いたりこんなので人間と言えるだろうか？　いったい何ていう人生なんだ！」と、あくせくした生き方そのものに猛然と反発するのである。

ただオブローモフも、シトリッツ流の西欧近代合理主義と「前進！」を選び取るべきなのかもしれないと、一旦は思い悩む。しかし、その道は、彼お気に入りのゆったりした東方風ガウンを、肩からのみならず、心や頭からも脱ぎ捨てることであり、具体的にいま為すべき様々なことを考えると、彼の気持ちは忽ち萎えてしまう。「一生こんな調子で行くわけか！　これじゃ、なんだか鍛冶屋みたいで、人生じゃないな。来る日も来る日も、炎に熱気にカンカンいう騒音……いったいいつになったらまともに生きられるんだ？」

そして早くも二週間後にシトリッツはイギリスに出かけ、オブローモフは必ず後から来るようにというシトリッツの言葉にもかかわらず、いよいよ明日は出発という前夜に、こともあろうに唇がぷっくりと腫れてしまい、ただそれだけの理由で結局は外国旅行を諦め、そのまま一歩も動かず今までどおりの生活を続けることになる。シトリッツの活発さとオブローモフの停滞が、「西」と「東」の象徴としての対立であることはたしかなのだが、それにも増して「人生」とは、「生きる」とは何ぞやという根本的な考え方において、両者は甚だしくかけ離れているのである。

オリガ・イリインスカヤとの恋愛および失恋

シトリッツが去った後、オブローモフを怠惰の沼から立ち上がらせる使命を担ったのが、二十歳のオリガ・イリインスカヤだった。彼女は両親を失い、口うるさい小言で彼女を縛ることのない伯母の下で自由に暮らしていた。オリガの眼差し、言葉や振舞いは、シンプル、自然かつ自由なもので、気どりやコケティッシュなところ、虚飾や欺瞞は微塵も無かった。彼女は快活でエネルギッシュ、好奇心旺盛で、天文学から美術まで、あらゆる分野に関心を持ち、オブローモフに次々と質問を投げかける。おかげでオブローモフはお気に入りだった東方風のガウンを脱ぎ捨て、読書に打ち込み、エルミタージュにまで調べものに出かけ、オリガが歌う「カスタ・ディーヴァ」に聴き惚れ、胸をときめかせ、神経は震え、目は潤んでキラキラと輝いたが、心身ともに疲労困憊してしまう。

オリガの特性として重要なものに「自尊心」がある。彼女自身も自尊心が強いことを認めた上で、「シトリッツさんが言うには、自尊心は意志をコントロールするほとんど唯一の原動力ですって。あなたには、その自尊心が無いのよ」と、オブローモフに言う。

シトリッツという名前は、ドイツ語で「誇り」を意味する。たしかにシトリッツとオリガは二人とも、誇り、自尊心が強く、それが彼らの意志や行動の原動力となっているに違いない。それに引き換えオブローモフは、オリガの言う通り、自尊心に欠け、それが彼の無為、無気力に直結しているとも言えそうである。

にもかかわらず、オブローモフは生涯で初めて女性に魅了されていることはたしかなのである。ただし、彼にとって理想の女性像とは、安らぎと平穏を具象化した存在であり、彼は「情熱」に対しては、本能的な恐怖を抱いている。彼が望むのは、平穏無事ななだらかな生活の流れであり、時には堤防を破るほどの洪水を起こしながら勢いよく流れゆく奔流ではない。

一方オリガは、二十歳という若さにもかかわらず、精神的な急成長を遂げ、この恋愛において主導権を握り導いていかねばならないのは自分であることを自覚していた。

しかもオリガの人生観はシトリッツのそれと似ており、オブローモフに対してひたすら「前進、前進！」と呼びかけ、「人生は義務よ。義務というのはつらいものよ」と、働くように叱咤激励する。

オブローモフは怠け者である上に、「ああ、恋の温もりだけを味わって、不安や胸騒ぎは体験しないで済むといいのだけどなあ！」などと夢想するほど、まともな恋愛感情を持ち得ぬ幼稚な人間である。

ついに、自分のような冴えない男をオリガが愛せるはずがない、と思い、先にもあったように、オリガに別れの手紙を書いたりもする。「あなたが僕を好きだと言ってくれるのは、あなたの勘違いで、僕はあなたが待っていた、あなたが夢見ていた人ではありません。恋愛は途方もない勢いで進むものです。心の壊疽ですからね。僕に相応しいのは平安ですよ」などと書くのだが、結局オリガときっぱり別れることもできない。

情熱を恐れ、積極的な行動力を欠き、恋愛の何たるかを知り得る成熟さも持たないオブローモフは、優柔不断のまま決定的一歩を踏み出せないのである。

一方オリガは、精神的のみならず、肉体的にも成熟し、オブローモフの一歩も前進しない対応に、次第に欲求不満をつのらせ、不安や胸苦しさなど病的な症状まで出るようになっていった。二人で鬱蒼たる木々が茂る庭園を散歩していたときの描写に次のような箇所がある。「木々や茂みが重なり合い、陰鬱な塊となり、ほんの少し先のものも、何一つ見えなかった。ただ白っぽい筋となって、砂地の道がくねくねと蛇のような姿を見せているばかりだ」

ここでオリガの目に映った蛇のような道は、おそらくはオリガの中の性の目覚めを暗示しているのだろう。この直後、二人はベンチに座りオリガはオブローモフの頬に熱い吐息を吹きかけるのだが、オブローモフは困惑するばかりで指一本動かすこともできない。

オブローモフは、「僕の心は願望でいっぱいだし、頭は思いでいっぱいなんだ。それなのに僕の意志と舌が言うことをきかないんだよ」と、何かによって金縛りになっていることを訴えるが、ついにオリガにプロポーズができた。ところがオリガは、それは受けてくれたものの、誇り高く落ち着きはらっており、しかも結婚するには、まずオブローモフカ村に行って管理をし、ペテルブルグの新居も決めなければいけないと、次々と為すべき課題をオブローモフに与える。

オブローモフは何一つその課題に応えられぬまま、領地管理も他人任せにすることにしたと、オリガに伝えた。それを聞いたオリガは、ついに気絶し、意識を取り戻した後、自らの敗北を認めるのである。

「傲慢さゆえに、私は罰せられたのね。自分の力を過信していたから。私はあなたを蘇らせることができる、あなたは私のためにまだ生きてくださると思っていたけれど、あなたはもうとっくに亡くなっていたのね」

さらに彼女は「どうして、何もかもがダメになってしまったの？　誰があなたに呪いをかけたの、あなたは善良で賢くて優しくて上品なのに……その悪に名前は無いのかしら」と問う。オブローモフはそれに答えて「あるよ。オブローモフシチナさ！」と言うのである。

たしかにそうかもしれない。しかし、それだけだろうか？　スイスの研究者ナタリー・バラトフは、オブローモフのマザーコンプレックスを指摘している。[5] オブローモフはグレートマザーに支配されており、オリガはグレートマザーとの闘いに敗れたというのである。オブローモフがオリガとの別れの後に、あたかも母の庇護の下に逃げ込むかのように、安息を求めて妻として選んだのは、町外れのヴィボルグ地区の貸家の家主で寡婦のアガフィアであった。

アガフィアは、オリガのような知性も教養も無いがオブローモフの本質を変革しようなどという気は毛頭なく、あるがままのオブローモフを母のように受け入れ甘やかすのである。東方風のガウンも、オリガと付き合っている間は無用の長物として打ち捨てられていたが、アガフィアが丹念に繕い、オリガとの別れと共に自然にオブローモフの肩にまた着せ掛けられることになった。アガフィアの下での生活は、オブローモフカ村がそうであったように、毎日および祝日の食事に手間暇と情熱が傾注され、オブローモフはある意味で幼年時代のオブローモフカ村に戻ったかのような気分を味わうことになる。

それでは、オリガとオブローモフはそもそも全く無縁な人物だったかというと、そうではない。オブローモフの名前と父称はイリヤ・イリイチであり、これは彼の名前が父親と同じイリヤであったことを示し、オブローモフが未来よりは過去を踏襲する過去志向の人物であったことを思わせる一つのヒントなのだが、オリガの苗字はイリインスカヤである。イリインスカヤはイリヤという名前から派生したものであり、二人の名前は両者の縁が浅からぬものであることを感じさせるのである。さらに、オリ

5 Natalie Baratoff. *Oblomov. A Jungian Approach. A Literary Image of the Mother Complex.* Peter Lang. Bern. 1990.

ガが二十歳であり、オブローモフが三十二歳であることにも意味がある。オブローモフは首都ペテルブルグに出て来てから十二年、何事も為し得ず、自身の光が埋もれたままであることをシトリツに告白している。物語の始まりは五月一日、ペテルブルグでは伝統的に郊外のエカテリンゴフへ出かけ、春の到来を祝う習慣があり、オブローモフの元にも何人かの友人が「一緒に出掛けよう」と誘いに訪れる。

十二年とは、一つのサイクルが終了し、新しいサイクルが始まる節目である。春の到来、すなわち新しい生の始まりを祝う季節に、オブローモフの元に、ちょうど一サイクル年下のオリガが現れたことは、オブローモフの人生にもオリガのごとき活気ある人生の新たなサイクルが始まり、十二年前からの人生をやり直す転機が訪れる可能性があったと言えるのかもしれない。

けれども彼の人生の物語がそのような転換を果たすには、オブローモフシチナもグレートマザーもあまりにも強すぎ、オブローモフのエゴはあまりにも弱すぎた。

キリスト教的観点から

ここで少しキリスト教の観点から、この物語を見ておきたい。オリガは「傲慢さゆえに、私は罰せられたのね」と言ったが、本来肯定的特質である彼女の誇り高さが否定的資質の傲慢に繋がったということだろう。他方、オブローモフに誇り高さは無い。ロシアの研究者メリニクは次のように述べている。[6] 彼は、マタイによる福音書第五章の「山上の垂訓」に注目し、その中でも「幸いなるかな、心の貧しき人、泣く人、柔和な人、心の清き人」が全てオブローモフに当てはまることを指摘する。「心の貧しき人」という日本語訳は、あたかも「心のさもしい人」という意味のように誤解される恐れがあるが、ロシア語でも英仏語でも直訳すれば「精神において清貧な人」という表現であり、人間のこざかしい知恵や驕りとは無縁な人という意味である。つまり、オリガが、自分が罰せられたと思った罪「驕り」とは正反対の特質なのである。

オブローモフは小説の中で何度か涙を流す「泣く人」である。「オブローモフの夢」で母を思い出したときも、オリガとの別離のときも、自らの死期が近づいて不安

6 *Владимир Мельник.* Духовный путь И. А. Гончарова. М. Вече. 2019.

になったときも、彼は涙を流す。さらに「心が清らかで柔和な人」であることは、オリガもシトリツも指摘するところだ。

それではオブローモフとは、理想的なキリスト教徒なのか、と言えば、決してそうではない。それが最も端的に表れているのは、マタイによる福音書第二五章の「タラントンの譬え」だろう。主人が旅に出るとき、三人の僕《しもべ》に、それぞれ五タラントン、二タラントン、一タラントンのお金を預けていく。五タラントン、二タラントンを預かった僕は、主人の帰宅までにそれらを倍のお金に増やしていたが、一タラントンを預かった僕は、それを地中に隠して少しも増やさなかった。主人はその僕を「怠け者の悪い僕だ」と叱ったという譬え話だが、オブローモフはまさに与えられた才能を自らの中にしまい込んだまま、何の努力もせずに無為に時を過ごした「怠け者の悪い僕」だと言えるだろう。

ただしこの小説では、そのようにして自らを滅ぼしたオブローモフにもアガフィアとの平穏な生活が与えられ、一人息子まで授かり、神の寛大な慈悲がオブローモフに降り注いでいる。

アガフィア・プシェニツィナとミトリサ・キルビチエヴナ

　ここでオブローモフの人生に関わったもう一人の女性、アガフィア・マトヴェエヴナ・プシェニツィナについて触れておきたい。彼女は三十歳を越えたくらいの寡婦で二人の子持ち、ネワ河の向こう岸の辺鄙なヴィボルグ地区で下級官吏だった夫の持ち家を貸す家主である。オリガとは全く対照的で、知性も教養もなく、どちらかと言えば愚鈍な印象を与える女だが、その代わり家事、わけても料理が得意である。彼女の苗字プシェニツィナは、小麦を意味するプシェニツァから派生していることからもこの特性が窺えるが、彼女は一刻も休むことなくコーヒーを淹れたり、若鶏とキノコ入りのパイを作ったり、せっせと剝き出しのむっちりした肘をめまぐるしく動かし続ける。オブローモフは、えくぼのような窪みまである彼女の両肘に目が釘付けとなりすっかり魅了されてしまう。アガフィアは謙虚に「旦那様《バーリン》」であるオブローモフの上品さ、優しさ、優雅な物腰を未だかつて見たこともないものとして尊敬し、何よりも大切に思い、ひたすら尽くすことに徹する。

オブローモフがオリガに魅かれたのは、その知性、強い意志力、「カスタ・ディーヴァ」を歌う歌唱力など、精神的、知的領域であり、アガフィアに魅かれたのは料理を中心とした家事能力、そしてふっくらとした肘や項などの身体が中心であるように思われる。

それは、あたかも「マリヤとマルタ」の譬え話のように、イエスをもてなすためにクルクルと立ち働いているマルタがアガフィアであり、もっぱらイエスの話に聞き入っている、つまり身体を使わずイエスの言葉を理解しようとしているマリヤがオリガであるかのごとき印象を与えるかもしれない。しかし、イエスは「マルタ、あなたは多くのことを思い悩み心を乱している。必要なことはただ一つだけである。マリヤは良い方を選んだ」と述べているので、仮にオリガとアガフィアをこの譬え話に当てはめるなら、むしろ「多くのことを思い悩み、心乱れている」のはオリガの方であり、オブローモフの人格、存在そのものを丸ごと受け入れ、彼が何よりも好む平穏無事な生活を提供しているアガフィアこそがマリヤだったと言えるのかもしれない。

先にも述べたとおり、オブローモフはアガフィアと結婚し、一人息子アンドレイまで授かる。この名前は無論、シトリツの名前を取ったものである。先に紹介したドブロリューボフの「オブローモフシチナとは何ぞや」の中で、オブローモフは、オネーギンを初めとする幾多の「余計者」の系譜に連なる者であるとされているが、それらの余計者の中で結婚して子供まで授かったのは、唯一オブローモフのみである。

かくてオブローモフは、アガフィアの至れり尽くせりの世話の下、「まるで見えない手によって、暑さ除けに日陰に、雨除けに覆いの下に植えられ、大切に世話をされ、慈しまれている高価な植物のよう」だった。

では、アガフィアはオブローモフにとって完璧な妻であったのか？ 彼女に私利私欲がまるで無く、オブローモフに献身的な愛を捧げていたことは、オブローモフの死後もその遺産を受け取ることなく、最愛の一人息子を自分とは身分の違う貴族の息子なのだからと考え、シトリッツとオリガ夫妻の下で養育されるべく手放したことからも明らかである。とはいうものの、アガフィアの存在がオブローモフの生涯に善き意味のみをもたらしたのか、作者自身がその点に関して疑念を抱いていたように思われるエピソードがある。

お伽噺の登場人物、ミトリサ・キルビチエヴナという美女が、この小説には二度現れる。一度目は第一部の「オブローモフの夢」において、幼いオブローモフに乳母《ばあや》がしきりに話して聞かせる物語の中である。その物語では、誰もがぶらぶら何もせずに遊び暮らし、心配事も悲しみも無い国で、これといった取柄のない怠け者の男が結婚して幸せになる相手が美女ミトリサ・キルビチエヴナなのだ。

そしてもう一度、第四部のアガフィアの家でオブローモフは、眠りとも目覚めともつかぬもの思いに耽る中、デジャ・ヴの光景を目にする。蜜と乳の川が流れ、誰もが働かずとも豊かに暮らせる約束の地で、オブローモフが乳母にぴったりと身を寄せると、乳母は「ミトリサ・キルビチエヴナ！」とアガフィアを指して言うのである。

ミトリサ・キルビチエヴナとは、そもそもフォークロアのお伽噺「ボヴァ王子の物語」に登場する女性である。[7] この物語は中世フランスを起源として、ヨーロッパ各地に伝承され、ロシアにも十六世紀半ばには伝わり、十九世紀にはお伽噺として、あるいは民俗版画芸術（ルボーク）の物語として広範な人気を得た。

それらの物語の中ではミトリサは、意外にも夫殺しの悪女なのである。ミトリサは年老いた夫、グヴィドン王を恋人ダドンと共謀して殺害し、ミトリサの息子ボヴァ王子が父親を殺した復讐として母ミトリサを罰するというストーリーは、どこか『ハムレット』を思わせるものである。

ゴンチャロフは無論、この物語を知っていたわけであり、そうであれば、アガフィアはオブローモフにとって少なくともアンビヴァレントな意味合いを持つ人物として描かれたのだろう。あまりにも良き母親が子供を甘やかし放題に甘やかしてスポイルしてしまう悪しき母親となるように、アガフィアはオブローモフを救済すると同時に破滅させたのである。

イリヤ・ムロメッツとイリヤ・イリイチ

ここでこの小説とフォークロアとの関連性に言及したので、この小説、あるいはイリヤ・イリイチ・オブローモフにとって、おそらく極めて重要な意味をもつ、もう一人のフォークロアの英雄について述べておきたい。それは、イリヤ・ムロメッツである。ロシアには英雄叙事詩（ブィリーナ）と呼ばれる口承物語詩があり、その起源は十二世紀のキーエフ・ルーシと言われるが、十九世紀にこの口承芸術が注目されるように

7　*А. Д. Гродецкая.* Где учился кем служил Илья Ильич Обломов и кто такая Митриса Кирбитьевна... // *И. А. Гончаров* Обломов. Изд. Пушкинский дом, Санкт-Петербург, 2012. С.496 - 505.

なった頃に生き残っていたのは、大部分が北部ロシアであった。

このブィリーナの中でも最大最強の救国の英雄がイリヤ・ムロメツである。歴史上実在の人物であるとも、民衆の空想が創り出した幻の英雄とも言われるが、いずれにしてもいま着目したいのは、この英雄が三十歳まで両手両足が不自由で、寝ているか座っているかしかできなかったという点である。三十歳のときに、巡礼と思われる二人の人物が彼を訪ねたことをきっかけに、イリヤは突如病が癒えて、立ち上がり、幾多の外敵から国を守る大英雄となるのである。三十歳になるまで一歩も前進しなかったイリヤ・ムロメツが、あるきっかけで突如立ち上がり救国の大英雄になったことは、同じイリヤという名前を持つオブローモフにも、そうした可能性が期待されていたと言えるのではないか。

言うまでもなく、この作品の中では、その期待は実らない。オブローモフは清らかな心も知性も備え、身近な人々に愛されながら、何事も為し得ぬまま朽ち果てていく。

しかし、一人息子アンドレイは、シトリッツとオリガに託された。「アンドレイ」という名前は、シトリッツにちなんでつけられたものだが、アンデレ（アンドレイ）は十二使徒の中でもロシアの守護聖人であるとロシアでは信じられており、「アンドレイ」はロシアそのものの象徴と解されることもある。従ってアンドレイ・オブローモフとは、オブローモフ譲りの無垢な精神や豊かな想像力と、シトリッツのもつ西欧近代的な合理主義および勤勉な実行力を兼ね備えた未来の新しいロシア人の象徴であり、オブローモフの怠惰な停滞は、そのための真に長い熟成期間であったのではないかという暗示さえも感じられるのである。

ゴンチャロフの気質と『オブローモフ』

ところで先にも述べたように、作者ゴンチャロフ自身は、官吏としての勤めを立派に果たし、プチャーチン提督の秘書官としてフリゲート艦パラーダ号で世界周航の旅に出かけ、幕末の琉球、長崎まで訪れている。

オブローモフは商工業の発展とともに急速に変化する時代に適応できない旧世代のロシアを象徴するものであるが、そのオブローモフに対して作者は温かい視線を向け、家父長制の旧いロシアを限りない愛惜の念で見送っているように思われる。

作者ゴンチャロフ自身はシトリッツの如く、あるいはそれを凌ぐほど、ヨーロッパどころか世界中を駆け巡る活力の持ち主だったのだとしたら、どうして自身とは正反対のタイプのオブローモフにあれだけのシンパシーを抱いていたのだろうか？　これは私の長年の疑問だった。

例えば詩人チュッチェフが、二十年近くを外交官として西欧で過ごしたにもかかわらず、あるいはむしろそれゆえに、とも思われるほど、西欧近代には無いロシアのつつましい東方的「後進性」の中にほのかに見え秘かに光るものを高く評価したのと同じような心理をゴンチャロフも抱いていたのだろうか？

今回、ロシアの研究者エンゲルガルトとスペランスキーの論文[8]を読んで、その謎がかなり解けたような気がする。両論文によれば、ゴンチャロフはオブローモフのように怠惰ではなかったが、気難しい性格であり、自身でも書簡の中で「神経質で過敏で苛立ち易い気質であり、時折奇妙な気分の激発がある」と書いている。神経の過敏な興奮は、やがて無気力と憂鬱、ふさぎの虫、心気症（ヒポコンドリア）に変わり、それが常態化する傾向にあったという。

ロシア文学史上の有名なスキャンダルとして記憶されているゴンチャロフとトゥルゲーネフの絶交も、ゴンチャロフの神経質で疑り深い気質がその原因と言えるかもしれない。ゴンチャロフは構想に二十年を費やした長編『断崖』について、トゥルゲーネフにその内容を打ち明けたことがあり、多作のトゥルゲーネフが『貴族の巣』などの作品を『断崖』より先に発表した折、ゴンチャロフは、それはトゥルゲーネフが彼の作品を剽窃《ひょうせつ》したのだと思い込んだのである。

そのエピソードはさておくとして、ゴンチャロフの代表作としては、『平凡物語』（一八四七年）、『オブローモフ』（一八五九年）、『断崖』（一八六九年）の三大長編が挙げられるが、『平凡物語』と『オブローモフ』の中の一章「オブローモフの夢」（一八四九年）は比較的迅速に書き上げられ、傑作として高く評価されたものの、その後の作品の創作は難航した。その原因として、持って生まれた気質としてのふさぎ込み、無気力、自身の創作への自信の無さもあったが、生活のために続けざるを得なかった役人の仕事が嫌でたまらず、それが大きな妨げとなっていたようだ。

ゴンチャロフはどうやら、ペテルブルグの生活がもたらす気の滅入り、ふさぎの虫

8 *М. Ф. Суперанский* Болезнь Гончарова. *Б. М. Энгельгардт* Путешествие вокруг света И. Обломова. // Литературное наследство. Новые материалы и исследования. ИМЛИ РАН, Наследие, М. 2000. С.574 - 633, 15 - 73.

から一気に逃れるために、世界旅行に飛び出したのだと言えそうである。しかしそれは、ゴンチャロフ自身が言う「時折起こる奇妙な気分の激発」ではあっても、シトリツの如き、絶えざる前進、上昇の積極的志向ではない。ペテルブルグの日常から世界旅行へ飛び出す行動力は、一見揺るぎなく俊敏だが、その実苦しい混乱と揺れる気持ちに満ちていた。まだ船に乗る前から「現実が雨雲のようにどんどん迫って来る」と、早くも怖気づいて帰りたい気分を味わうところなど、むしろオブローモフの消極性、受動性に通じるものが感じられるのである。

以上見てきたように、オブローモフの持つ気質の内、怠惰以外はゴンチャロフ自身の気質に重なり合う部分が多い（オブローモフの異常とも思われるほどの怠惰も、実は極端なふさぎ込み、つまりは抑鬱的な症状の為せる業だったのかもしれない）。

木村彰一氏が述べているように、[9]「ゴンチャロフのリアリズムは（慎重に隠されているとは言え）、かなり主観的色彩が濃い」のだとすれば、自らの気質に近いオブローモフの描写が、度し難い怠惰と無気力の沼に埋もれ、停滞の極みにあり、何一つ物事を解決できないという圧倒的にネガティヴな資質を持ちながらも、微笑ましいユーモラスな側面を持ち、日常の細々とした瑣事の一つ一つに喜びを見出す人生の詩人であり、クリスタルの如き清らかな心の持ち主である、愛すべき存在として好ましく描かれているのも不思議ではない。

それに引き換え、非の打ちどころのない有能な人物であるシトリッツの描写が、作者自身も後に認めたように、「弱々しく生彩を欠いた」面白味のないものになったのも、また頷けるのである。

これ以上の幸せはないというほど満たされた結婚生活をシトリッツとともに送っていたオリガが、なぜかうっすらと憂鬱な思いで気が晴れなくなったのはなぜだろう。オリガは、幸福のあまり人生が歩みを止め、どこかオブローモフの無気力にも似た状態に陥るのを恐れていたのだ、と書かれてはいるが、それだけが原因だろうか。

聡明なオリガの愛と強い意志力をもってしても、オブローモフシチナを退治することは叶わず、オリガは敗北したのだが、それでも他の誰にも無い、オブローモフのクリスタルのように透明な魂、鳩のような優しさは、オリガの中で清らかな思い出として残っていたのだろう。そのオブローモフが、この世では破滅せざるを得なかったこ

9　木村彰一『魅せられた旅人』恒文社、一九八七年、一三二頁。

とを、何かの拍子で思い出すと、オリガの心に憂鬱の翳が差すのかもしれない。あるいは、あまりにも整い過ぎているシトリッツとの生活がどこかあじけないものに思われ、近代合理主義では切り捨てられてしまう余剰の部分にこそあるオブローモフの何とも言えない魅力をふと思い出すのかもしれない。

いずれにしても、古いロシアの大地に根を下ろしたまま、一歩も前進しようとしない、これだけパッシヴな（必ずしもネガティヴとは言えないにしても）主人公が、なぜか強烈な魅力を発する小説は、世界中の文学を見渡しても、なかなか類例を見ないものである。それは、井筒俊彦が言うように、オブローモフは、「古い懐かしい母なるロシアの魂がそのまま人間になって出て来たような」[10]人物だからとも言えるが、他方、木村彰一が言うように、「オブローモフという形象が、たとえばハムレットやドン・キホーテのような全人類的な世界文学の偉大な典型のひとつである」[11]からなのかもしれない。

決して多作とは言えなかったゴンチャロフは、三部作の中でもほとんどこの『オブローモフ』という真にユニークな一作をもって、ドストエフスキーやトルストイに勝るとも劣らぬロシア文学の一翼を担い、さらには百数十年を経た現在でも、はるか極東の地に至るまでその魅力を振り撒き続けている。これは真に驚嘆すべきことではなかろうか。

10 井筒俊彦『ロシア的人間』北洋社、一九七八年、一七八頁。
11 木村彰一 前掲書一二五頁。

イワン・アレクサンドロヴィチ・ゴンチャロフ年譜

一八一二年

ロシア暦一八一二年六月六日、ヴォルガ河沿岸のシンビルスク市（ロシア革命後、レーニンの本名ウリヤノフにちなんでウリヤノフスク市となった）に生まれた。父、アレクサンドル・イワノヴィチは穀物商人、母、アヴドチヤ・マトヴェエヴナも商人の娘。アレクサンドルは五〇歳のとき、一九歳のアヴドチヤと再婚した。イワンには、兄ニコライ、妹アレクサンドラ、アンナがいた。

一八一九年　七歳

九月一〇日、父死去。

一八二〇～二二年　八歳～一〇歳

ヴォルガ河対岸レピヨフカ村のトロイツキー司祭の全寮制私塾で学ぶ。

一八二二年　一〇歳

八月六日、モスクワのオストジェンカ通りにあるモスクワ商業学校入学。

一八三〇年　一八歳

九月二七日、母の了承の下、課程を修了することなく、モスクワ商業学校退学。

一八三一～三四年　一九歳～二二歳

モスクワ大学文学部で学ぶ。

一八三二年　二〇歳
プーシキンがモスクワ大学を訪問。ゴンチャロフは、プーシキンとカチェノフスキーの『イーゴリ軍記』の信憑性をめぐる論争を目撃する。一〇月、雑誌『テレスコープ』第一五号にウージェーヌ・スューの長編小説の部分訳を掲載。初めて公刊されたゴンチャロフの文学的試みである。

一八三四年　二二歳
七月、モスクワ大学卒業後、シンビルスクに帰郷。秋からシンビルスクの県知事の官房秘書を務める。

一八三五年　二三歳
五月、ペテルブルグに上京。五月一八日、大蔵省対外貿易局に通訳官として勤務開始。夏、画家マイコフの息子たちの家庭教師を引き受け、マイコフ家の文学者、芸術家のサロンでペテルブルグの多くの作家たちと知り合う。一二月三一日、サロンの手書き雑誌『マツユキ草』第二号に詩を掲載。以降、一八三八年にかけて同誌に詩や中編を発表。

一八三七年　二五歳
七月三〇日、十等文官となる。

一八三八年　二六歳
四月二日、『マツユキ草』第一二号に中編『悪しき病』を掲載。

一八三九年　二七歳
七月四日、手書き文集『月夜』に中編

『幸せな間違い』を掲載。

一八四〇年　二八歳

九月一〇日、九等文官となる。

一八四二年　三〇歳

エッセイ「イワン・サヴィチ・ポドジャブリン」執筆完成。

一八四四年　三二歳

長編『老人たち』執筆中断。長編『平凡物語』の構想開始。

一八四五年　三三歳

年初、マイコフ家のサロンで『平凡物語』の初めの部分を朗読。

一八四六年　三四歳

三月、ベリンスキーと知り合う。九月、雑誌『同時代人』の編集部が『平凡物語』の原稿を入手。

一八四七年　三五歳

三月二日または三日、『同時代人』第三号に長編『平凡物語』第一部を掲載。四月八日、同誌第四号に『平凡物語』第二部を掲載。

一八四八年　三六歳

三月二日、ベリンスキーが『同時代人』第三号に発表した論文「一八四七年のロシア文学概観」の中で『平凡物語』を称賛。一〇月、「オブローモフの夢」初稿完成。

一八四九年　三七歳

三月二八日、『挿画入り文集』に「オブローモフの夢」を発表。夏、シンビルスクに帰郷。長編『オブローモフ』執筆に取り組む。長編『断崖』の構想開始。

一八五〇年　三八歳
『オブローモフ』第一部執筆完了。

一八五一年　三九歳
四月一一日、母アヴドチヤ死去。一一月一四日、八等文官となる。

一八五二年　四〇歳
プチャーチン提督付き秘書官として、フリゲート艦パラーダ号による世界周航に参加。一〇月七日、クロンシタット出航。一〇月三〇日、ポーツマスに入港。ロンドンに滞在。

一八五三年　四一歳
航行中、各地に関する紀行文を書く。マデラ島、喜望峰を経て、インド洋、太平洋を航行。シンガポール、香港などに寄港し、八月一〇日、他のロシア艦隊とともにパラーダ号は長崎に到着。日本と通商交渉を開こうとするが、実らず、一一月、一二月は、上海など中国を視察。一〇月、クリミア戦争勃発、その知らせを一二月に受ける。

一八五四年　四二歳
パラーダ号は、再度長崎を訪問後、一月二四日、長崎を出港し、琉球諸島、マニラ、バタン等を経て、五月二二日、沿海州のインペラートル湾に入港。八月、ゴンチャロフは陸路でアヤンからヤクーツクへ向かう。九月から一〇月、ヤクーツク到着、滞在。一二月三一日、イルクーツク到着。

一八五五年　四三歳

二月二五日、ペテルブルグに帰還。雑誌『祖国雑記』などに世界周航の紀行文を多数掲載。七月二四日、七等文官となる。秋、冬、エリザヴェータ・トルスタヤ（『オブローモフ』のオリガのプロトタイプと言われる）と頻繁に文通。一二月二五日、五等文官となる。トゥルゲーネフに『断崖』の構想を語る。

一八五六年　四四歳

二月一九日、ペテルブルグ検閲委員会の検閲官に就任。『祖国雑記』などに紀行文を多数掲載。三月三〇日、クリミア戦争終結。

一八五七年　四五歳

六月二一日、チェコの温泉療養地マリエンバートに到着。七月、八月で、長編『オブローモフ』第二部、第三部、第四部を含む全体の下書きを完成する。一二月より翌年春まで皇太子ニコライ・アレクサンドロヴィチにロシア語とロシア文学を教授する。

一八五八年　四六歳

五月一〇日、旅行記『フリゲート艦パラーダ号』（全二巻）を出版。

一八五九年　四七歳

一月から四月にかけて雑誌『祖国雑記』第一号から四号に『オブローモフ』第一部から第四部をそれぞれ掲載。三月二八日、トゥルゲーネフに剽窃を非難する書簡を出す。五月一二日、『同時代人』第五号にドブロリューボフの論文「オブローモフシチナとは何ぞや」掲載。夏季マリエンバートに滞在。以後ほぼ毎夏同地を訪ねる。九月三〇日、『オブローモフ』刊行。

一八六〇年　四八歳

二月一日、検閲官を退職。二月二五日、『同時代人』第二号に将来の長編『断崖』の断片「ソフィア・ニコラエヴナ・ベロヴォドワ」を掲載。三月二九日、自宅でトゥルゲーネフとの間の剽窃事件に関する調停裁判が開かれる。

一八六一年　四九歳

一月二二日、『祖国雑記』第一号に『断崖』の断片「祖母」を掲載。二月二四日、同誌第二号に断片「肖像画」を掲載。三月五日、農奴解放令公布。

一八六二年　五〇歳

五月一六日、シンビルスクに行き、乳母アヌシカと最後の面会。九月二九日、内務省の機関誌『北方郵便』の編集長となる。

一八六三年　五一歳

『北方郵便』編集長辞任。内務省書籍出版委員会委員に任命され、四等文官となる。

一八六四年　五二歳

ドルジーニンの葬儀に参列し、トゥルゲーネフと和解する。

一八六五年　五三歳

夏季、マリエンバートで『断崖』の執筆にうちこむ。

一八六七年　五五歳

一二月二九日、三三年間の官吏生活か

ら引退。

一八六八年　五六歳
一二月七日、長編『断崖』第一部の原稿を雑誌『ヨーロッパ通報』に発表のため、編集者スタシュレヴィチに渡す。

一八六九年　五七歳
一月から五月、『ヨーロッパ通報』第一号から五号に、『断崖』第一部から五部をそれぞれ掲載。六月、同誌第六号にサルトゥイコフ＝シチェドリンの論文「街頭の哲学（『断崖』第五部第六章について）」掲載。

一八七〇年　五八歳
二月一九日、『断崖』刊行。

一八七二年　六〇歳
三月一日、『ヨーロッパ通報』第三号に論文「百万の苦悩」を掲載。

一八七三年　六一歳
一二月六日、兄ニコライ死去。一二月一九日、サマーラ県飢饉救援のための文集『拠出金』の編集出版委員会の一員に選ばれる。

一八七四年　六二歳
春、画家クラムスコイがゴンチャロフの肖像画を描く。三月二八日、文集『拠出金』出版。オストロフスキー論を執筆。論文「荒野のキリスト。クラムスコイ氏の絵画」執筆。

一八七八年　六六歳
六月、召使カルル・トレイグト死去。寡婦、遺児たちを引き取り、面倒を見る。八月、『非凡物語』執筆完了。

一八七九年　六七歳
六月一日、雑誌『ロシア語』第六号にエッセイ「遅れても全然しないよりはまし」を掲載。
一八八〇年　六八歳
一月一日、『ロシア語』第一号に中編『文学の夕べ』を掲載。一二月一〇日、単行本『四つのエッセイ』刊行。
一八八一年　六九歳
シンビルスクのカラムジン図書館に蔵書を寄贈。
一八八二年　七〇歳
一二月三一日、文学活動五〇周年記念祝賀会が開催される。
一八八三年　七一歳
一二月七日、初の八巻作品選集がペテルブルグで刊行。
一八八七年　七五歳
四月一日、『ヨーロッパ通報』第四号にエッセイ「大学時代の思い出から」を掲載。
一八八八年　七六歳
一月、二月、『ヨーロッパ通報』第一号、第二号に回想記『故郷にて』掲載。エッセイ「召使たち」数編を雑誌『ニーヴァ』の数号に掲載。
一八八九年　七七歳
三月一日、『ヨーロッパ通報』第三号に論文「意志の侵害」を掲載。
一八九一年　七九歳
一月一九日、雑誌『ロシア評論』にエッセイ「東シベリア紀行（ヤクーツクおよびイルクーツクにて)」を掲載。八月二〇日、エッセイ「運命の急転」を仕上げる。八月二七日、肺炎を発症。九月一五日、死去。ペテルブルグのアレクサンドル・ネフスキー修道院のノーヴォエ・ニコリスコエ墓地に埋葬された。一九五六年、遺骸はヴォルコヴォ墓地に移された。

訳者あとがき

私が『オブローモフ』に出会ったのは、大学に入学してからです。岩波文庫で三巻の長編ですが、主人公のイリヤ・イリイチ・オブローモフがある朝ペテルブルグのアパートで目を覚ました後、ベッドから完全に起き上がるまでに、文庫本一巻が終わってしまいます。この途轍もない怠け者の、真にゆったりとした、ほとんど進行しない物語に、私はなぜか心から感動しました。

同級生の中には、「あの、遅々として進まないノロノロした感じには耐えられない」という友人たちも無論いたのですが、不思議なことに、後にロシアで出会った友人たちにはオブローモフのファンが多く、「文学作品の主人公の中でいちばん好き」と言う者さえ何人かいます。

ロシア人がいかにこの作品を好むか、それは、ニキータ・ミハルコフ監督が一九七九年にこの作品を基に、映画『オブローモフの生涯より』を製作したことからも明らかでしょう。映画が撮影されているという話を聞いたときは、あのように動きの無い、ほとんど何のドラマも無い物語を、いったいいかにして映像化するのだろう——こんな企画はハリウッドでは到底通らないだろうな、と思いました。

ところが完成した映画を観れば、「オブローモフの夢」に描かれた幼年時代が真に美しく再現され、乳母《ばあや》も母親（それは、「ママ」よりもさらに愛しい気持ちをこめた「マーメンカ」と呼ばれます）も、そして何よりも幼いイリューシャ坊やが、この上もなく愛らしく、このような世界が後のオブローモフを作り上げたのなら、悪い人物ができようはずがない、成人してからのオリガとの恋愛などは、むしろオマケのエピソードに過ぎないのかもしれないと、しみじみと感じ入ったものです。

オブローモフに魅せられたのはロシア人ばかりではありません。アイルランド出身の作家ベケットも大変なオブローモフ・ファンであり、不条理劇として有名な『ゴドーを待ちながら』を書く前には『オブローモフ』を読んだと言われています。

私自身がなぜこの作品および主人公に魅せられたか、と言えば、それは実に低次元な理由によるものです。要するに、私自身が怠け者で臆病なあまり、人生において何であれ重要な決断ができず、ふと気づけば「ああ、面倒くさいなあ」などと呟いていたりする人間だからに他なりません。『オブローモフ』を初めて読んだとき、私を上回る超弩級の怠け者で決断力を徹底的に欠いた人物がいたことに、どれだけ慰められたことでしょう。しかもその人物は決して完全に否定されているわけではなく、むしろ愛すべき存在として描かれているのです。

既に名訳がいくつか出されてはいるものの、いつかは私もこの作品を翻訳してみたいという夢は、かなり昔から抱いていました。しかし、私自身のオブローモフシチナゆえに、その夢は永久に実現しそうもありませんでした。

そこへ助け船を出してくださったのが、ドストエフスキーのいくつかの翻訳でお世話になった光文社古典新訳文庫編集部です。長編『オブローモフ』全体よりも十年も前に独立して発表された「オブローモフの夢」（後に長編の第一部第九章となります）だけを翻訳し、長編全体は抄訳の形で紹介する。さらに、長めの解説で「オブローモフの夢」、小説『オブローモフ』全体、また作者ゴンチャロフ自身についても詳しく説明する——こうした大胆な案を提示してくださったのです。

むろん、こうした形で本を作ることは邪道であるという意見もあるでしょう。それでもオブローモフに関して、私自身の人生を一歩も前進させせないよりは、不完全なものであれ読者のお目に掛けた方がいいかもしれない、と思うに至りました。「オブローモフの夢」は、「解説」で詳述したように、稀代の怠け者オブローモフというユニークな人物が、いかなる環境で生まれ育ったかを、詩情豊かな文章で綴ったものです。

この本を読んでくださる方には、まず「オブローモフの夢」の翻訳をお読みいただいても構いませんし、「解説」や「抄訳」で全体像を把握してから翻訳をお読みいただくのでも結構だと思います。いずれにしても小さな本なので、すべてをお読みいただければ、『オブローモフ』とは何ものであるのか、その片鱗なりとも知っていただくことができると思います。そしてこの小さな本をきっかけとして、長編『オブローモフ』全体を読んでみたいという読者が現れてくだされば、これに勝る喜びはありません。

最後になりましたが、オブローモフ生き写しの大変な怠け者の訳者を根気よく励まし続け、適切なアドヴァイスの数々をくださった光文社翻訳編集部の今野哲男さん、そしてこの企画を終始温かい眼差しで見守ってくださり、丹念に原稿を読んで下さった中町俊伸前編集長に衷心より御礼申し上げます。

kobunsha classics
光文社古典新訳文庫

オブローモフの夢《ゆめ》

著者　ゴンチャロフ
訳者　安岡治子《やすおかはるこ》

2024年5月20日　初版第1刷発行

発行者　三宅貴久
印刷　新藤慶昌堂
製本　ナショナル製本

発行所　株式会社光文社
〒112-8011東京都文京区音羽1-16-6
電話　03（5395）8162（編集部）
03（5395）8116（書籍販売部）
03（5395）8125（制作部）
www.kobunsha.com

ISBN978-4-334-10321-7 Printed in Japan

いま、息をしている言葉で、もういちど古典を

長い年月をかけて世界中で読み継がれてきたのが古典です。奥の深い味わいある作品ばかりがそろっており、この「古典の森」に分け入ることは人生のもっとも大きな喜びであることに異論のある人はいないはずです。しかしながら、こんなに豊饒で魅力に満ちた古典を、なぜわたしたちはこれほどまで疎んじてきたのでしょうか。

ひとつには古臭い教養主義からの逃走だったのかもしれません。真面目に文学や思想を論じることは、ある種の権威化であるという思いから、その呪縛から逃れるために、教養そのものを否定しすぎてしまったのではないでしょうか。

いま、時代は大きな転換期を迎えています。まれに見るスピードで歴史が動いていくのを多くの人々が実感していると思います。

こんな時わたしたちを支え、導いてくれるものが古典なのです。「いま、息をしている言葉で」——光文社の古典新訳文庫は、さまよえる現代人の心の奥底まで届くような言葉で、古典を現代に蘇らせることを意図して創刊されました。気取らず、自由に、心の赴くままに、気軽に手に取って楽しめる古典作品を、新訳という光のもとに読者に届けていくこと。それがこの文庫の使命だとわたしたちは考えています。

このシリーズについてのご意見、ご感想、ご要望をハガキ、手紙、メール等で翻訳編集部までお寄せください。今後の企画の参考にさせていただきます。
メール　info@kotensinyaku.jp

光文社古典新訳文庫　好評既刊

白痴（全4巻）
ドストエフスキー／亀山《かめやま》郁夫《いくお》●訳

純真無垢な心をもち誰からも愛されるムイシキン公爵を取り巻く人間模様を描く傑作。ドストエフスキーが書いた〝ほんとうに美しい人〟の物語。亀山ドストエフスキー第4弾！

未成年（全3巻）
ドストエフスキー／亀山《かめやま》郁夫《いくお》●訳

複雑な出生で父と母とは無縁に人生を切り開いてきた孤独な二十歳の青年アルカージーがつづる魂の「告白」。ドストエフスキー後期の傑作、45年ぶりの完訳！　全3巻。

賭博者
ドストエフスキー／亀山《かめやま》郁夫《いくお》●訳

舞台はドイツの町ルーレッテンブルグ。「偶然こそ真実」とばかりに、金に群がり、偶然に賭け、運命に嘲笑される人間の末路を描いた、ドストエフスキーの〝自伝的〟傑作！

死の家の記録
ドストエフスキー／望月《もちづき》哲男《てつお》●訳

恐怖と苦痛、絶望と狂気、そしてユーモア。囚人たちの驚くべき行動と心理、その人間模様を圧倒的な筆力で描いたドストエフスキー文学の特異な傑作が、明晰な新訳で蘇る！

ステパンチコヴォ村とその住人たち
ドストエフスキー／高橋《たかはし》知之《ともゆき》●訳

帰省したら実家がペテン師に乗っ取られていた！　人の良すぎる当主、無垢なる色情魔、胸に一物ある客人たち…。奇天烈な人物たちが巻き起こすドタバタ笑劇。文豪前期の傑作。

イワン・イリイチの死／クロイツェル・ソナタ
トルストイ／望月《もちづき》哲男《てつお》●訳

裁判官が死と向かい合う過程で味わう心理的葛藤を描く「イワン・イリイチの死」。地主貴族の主人公が嫉妬がもとで妻を殺す「クロイツェル・ソナタ」。著者後期の中編二作。

光文社古典新訳文庫　好評既刊

アンナ・カレーニナ（全4巻）
トルストイ／望《もち》月《づき》哲《てつ》男《お》◉訳

アンナは青年将校ヴロンスキーと恋に落ちたことを夫に打ち明けてしまう。一方、公爵令嬢キティはヴロンスキーの裏切りを知って――。十九世紀後半の貴族社会を舞台にした壮大な恋愛物語。

戦争と平和（全6巻）
トルストイ／望《もち》月《づき》哲《てつ》男《お》◉訳

ナポレオンとの戦争（祖国戦争）の時代を舞台に、貴族をはじめ農民にいたるまで国難に立ち向かうロシアの人々の生きざまを描いた一大叙事詩。トルストイの代表作。

ワーニャ伯父さん／三人姉妹
チェーホフ／浦《うら》雅《まさ》春《はる》◉訳

人生を棒に振った後悔の念にさいなまれる「ワーニャ伯父さん」。モスクワへの帰郷を夢見ながら、出口のない現実に追い込まれていく「三人姉妹」。人生の悲劇を描いた傑作戯曲。

桜の園／プロポーズ／熊
チェーホフ／浦《うら》雅《まさ》春《はる》◉訳

美しい桜の園に5年ぶりに当主ラネフスカヤ夫人が帰ってきた。彼女を喜び迎える屋敷の人々。しかし広大な領地は競売にかけられることに…（「桜の園」）。他ボードビル2篇収録。

ヴェーロチカ／六号室　チェーホフ傑作選
チェーホフ／浦《うら》雅《まさ》春《はる》◉訳

無気力、無感動、怠惰、閉塞感……悩める文豪が自身の内面に向き合った末に生まれた、こころと向き合うすべての大人に響く迫真の短篇6作品を収録。

初　恋
トゥルゲーネフ／沼《ぬま》野《の》恭子《きょうこ》◉訳

少年ウラジーミルは、隣に引っ越してきた公爵令嬢ジナイーダに恋をした。だがある日、彼女が誰かに恋していることを知る…。著者自身が「もっとも愛した」と語る作品。

光文社古典新訳文庫　好評既刊

大尉の娘
プーシキン／坂庭《さかにわ》淳史《あつし》◉訳

心ならずも地方連隊勤務となった青年グリニョーフは、司令官の娘マリヤと出会い、やがて相思相愛になるのだが…。歴史的事件に巻き込まれる青年貴族の愛と冒険の物語。

スペードのクイーン／ベールキン物語
プーシキン／望月《もちづき》哲男《てつお》◉訳

ゲルマンは必ず勝つというカードの秘密を手にするが…。現実と幻想が錯綜するプーシキンの傑作「スペードのクイーン」。独立した5作の短篇からなる『ベールキン物語』を収録。

現代の英雄
レールモントフ／高橋《たかはし》知之《ともゆき》◉訳

カフカス勤務の若い軍人ペチョーリンの乱行について聞かされた「私」は、どこか憎めないその人柄に興味を覚え、彼の手記を手に入れる…。ロシアのカリスマ的作家の代表作。

二十六人の男と一人の女　ゴーリキー傑作選
ゴーリキー／中村《なかむら》唯史《ただし》◉訳

パン職人たちの哀歓を歌った表題作、港町のアウトローの郷愁と矜持を描いた「チェルカッシ」など、社会の底辺で生きる人々の活力と哀愁に満ちた、初期・中期の4篇を厳選。

われら
ザミャーチン／松下《まつした》隆志《たかし》◉訳

地球全土を支配下に収めた〈単一国〉。その国家的偉業となる宇宙船〈インテグラル〉の建造技師は、古代の風習に傾倒する女に執拗に誘惑されるが…。ディストピアSFの傑作。

鼻／外套／査察官
ゴーゴリ／浦《うら》雅春《まさはる》◉訳

正気の沙汰とは思えない、奇妙きてれつな出来事。グロテスクな人物。増殖する妄想と虚言の世界を落語調の新しい感覚で訳出した、著者の代表作三編を収録。

★続刊

血の涙　李人稙／波田野節子・訳

日清戦争のさなか、平壌で家族と離れ離れになった少女オンリョン。渡りゆく先は日本、そしてアメリカ。故郷から離れた土地では、思いがけぬ出会いがあり……。運命に翻弄される人間の姿を描く、「朝鮮最初の小説家」と称される著者の代表作。

十五少年漂流記　二年間の休暇　ヴェルヌ／鈴木雅生・訳

ニュージーランドの寄宿学校の生徒たち十五人が乗り込んだ船が太平洋を漂流し、無人島の浜に座礁する。過酷な環境の島で、少年たちはときに仲違いしながらも、協力して生活基盤を築いていくが……。原書初版に収録された図版約90点も収録。

赤い小馬／銀の翼で　スタインベック短篇集　スタインベック／芹澤　恵・訳

農家の少年が動物の生と死に向き合いながら成長していく、自伝的中篇「赤い小馬」のほか、名高い短篇「菊」「白いウズラ」「蛇」「朝めし」「装具」「正義の執行者」、さらに二〇一四年に発見された幻の掌篇「銀の翼で」を本邦初訳として収録。